ROYAL ROMANCE

Né en 1941 à Bruxelles, François Weyergans collabore dès 1960 aux *Cahiers du cinéma* et reçoit à dix-neuf ans, pour son premier film de court métrage, un Grand Prix au festival de Bergame. Il tournera un documentaire sur Jérôme Bosch avant d'écrire et réaliser cinq films de long métrage, interprétés notamment par Laurent Terzieff, Anny Duperey, Dennis Hopper, Maurice Béjart, Veruschka, Delphine Seyrig, Bianca Jagger, Anne Wiazemsky, Jorge Donn, Lou Castel. Son dernier film de fiction à ce jour est *Couleur chair* (1978). Il a signé un film de télévision sur Baudelaire pour le centième anniversaire de la mort du poète, et un autre consacré au compositeur Pierre Henry.

En 1970, il a mis en scène l'opéra de Richard Wagner *Tristan und Isolde*.

En 1973 paraît son premier roman chez Gallimard, *Le Pitre*.

Ses livres ont obtenu de nombreuses récompenses et sont traduits dans plusieurs langues. Il a reçu le prix Renaudot pour *La Démence du boxeur* (1992) et le prix Goncourt pour *Trois jours chez ma mère* (2005).

Élu à l'Académie française en 2009, il y prononça son discours de réception en 2011.

On a pu dire de lui : « François Weyergans a inventé certains des plus beaux personnages de la littérature contemporaine » (Jérôme Garcin, *Le Nouvel Observateur*).

François Weyergans dans Le Livre de Poche :

FRANZ ET FRANÇOIS

FRANÇOIS WEYERGANS
de l'Académie française

Royal Romance

ROMAN

JULLIARD

ISBN : 978-2-253-17553-7 – 1re publication LGF

Ne veut ouïr parler que d'affaires de cœur…

Charles Perrault, *Contes*.

Prologue

« Combien de gens réussit-on à rendre heureux dans une vie ? », se demandait Daniel Flamm, un homme d'une soixantaine d'années à présent, tout en parcourant les journaux français et étrangers qu'il achetait tous les jours alors qu'il aurait pu en faire l'économie, pour ce que ça lui apportait. Matin et soir, il était avide, impatient de savoir ce qui se passe, il voulait ressentir les effets des pulsions agressives qui animent la planète dont il faisait partie, tous ces gens dont le cerveau n'a pas changé de taille depuis des centaines de milliers d'années. Quand il arrivait aux pages culturelles, il avait l'espoir de lire un article qui lui donnerait envie de partir en Angleterre ou en Allemagne pour voir une exposition de peinture, quelque chose d'exceptionnel, de pacifiant, un exutoire, même s'il savait qu'il ne le ferait pas, ou bien un article qui le pousserait à retourner au cinéma, ou qui lui ferait découvrir un livre récent. Il achetait des films en DVD qu'il ne regardait pas. Le simple fait de les acheter lui suffisait, comme s'il redoutait de se confronter à des films admirés jadis, qui risquaient de le décevoir, à l'image sans doute de sa vie.

L'intérêt des journaux, c'est que leur lecture le mettait hors de lui et finalement le stimulait. Pas seulement ce qu'il y apprenait, mais aussi quand il n'y apprenait pas grand-chose, pas assez, pas ce qu'il attendait. Il s'énervait et cet agacement renouvelé chaque jour lui faisait le même bien qu'une cure de vitamines. S'il était prêt à insulter des auteurs d'articles, s'il le faisait parfois à voix haute – « Quel con, mais quel con ! », les centres excitomoteurs du cerveau en pleine forme –, il ne se traitait pas différemment lui-même.

Il se reprochait le manque de courage qui consiste à ne pas dire aux autres ce qu'on pense – par exemple ce qu'on pense d'eux. Pourquoi, si souvent, n'ose-t-on pas dire ce qu'on pense ? Ceux qui ne supportent pas qu'on leur fasse des reproches ne se privent pas de vous en faire… Essayer de rendre heureux les gens, d'accord, mais ils ne pourraient pas s'en occuper eux-mêmes ? Sa femme lui avait déclaré, après une conversation violente, une de ces conversations qu'on voudrait ne jamais avoir eues – elle était au lit, elle pleurait : « Tu peux t'en aller. Ta présence ne me console pas. »

Dans le couloir de son appartement, les journaux s'accumulaient en piles qui finissaient par ressembler à des tables d'appoint sur lesquelles il posait des packs d'eau minérale, des dictionnaires, du courrier qu'il n'ouvrait pas. Ces journaux restaient les témoins d'attentats, de meurtres, d'horreurs qui n'avaient que l'oubli comme futur. Un jour il les recyclerait. On ne devrait pas recycler les quotidiens en même temps que les magazines, l'encre se détache plus facilement du papier brillant des magazines que du papier journal. Un des problèmes du recyclage, c'est de séparer l'encre du papier. Il faut avoir de sérieuses connaissances en chimie pour comprendre le recyclage. Ne pas laisser les journaux au soleil, l'encre alors pénètre trop dans le papier – des choses qu'il avait apprises lorsqu'il avait travaillé pour une importante papeterie finlandaise, où il s'occupait du secteur des beaux papiers, devenu « conseiller artistique » grâce à un contrat rédigé sur mesure par Ari Torkkel, le PDG qui s'était entiché de lui lors d'un dîner à l'ambassade de France à Bucarest, où un excellent bordeaux joua son rôle dans le début de leur complicité. Ils étaient ensuite allés tous les deux dans un café où se produisait un groupe de musique traditionnelle avec un cymbaliste qui avait été l'élève du grand Toni Iordache, un nom que connaissait Daniel Flamm à l'étonnement des Roumains présents. Il avait acheté des disques de musique roumaine à Paris avant de venir. Il n'arrivait jamais dans un pays sans avoir écouté des musiques de ce pays, des musiques qui l'aideraient à comprendre ceux qu'il rencontrerait. On leur servit de la liqueur de myrtilles. Torkkel réclama de la palinca, un alcool pour hommes, dit-il, et c'est là qu'il parla du contrat : « J'ai besoin de quelqu'un comme vous dans ma société. Quand je vous ai entendu parler du papier Whatman, des Chine et des Madagascar, quand j'ai compris à quel point le papier vous séduit, je me suis dit que nous devrions travailler ensemble. J'ai envie de créer un secteur haut de gamme pour l'image de ma société. Je vous enverrai dans les pays avec lesquels je traite. Ils seront surpris de voir débarquer quelqu'un comme vous, ce sera bon pour moi, donc ça vaut de l'argent. Je vous embauche ! Trinquons ! Il faut me dire oui tout de suite. »

Daniel Flamm ne savait que répondre. Dire oui l'engagerait à quoi ? Il pourrait toujours se dédire, mettre son accord sur le compte de l'alcool. Cette eau-de-vie de prunes était épouvantable. Il comprenait mal l'anglais de Torkkel. La musique était de plus en plus forte, on avait applaudi un trompettiste, tout le monde fumait. Torkkel avait gardé son manteau de cuir, et cet homme d'affaires qui compensait le soir les violentes décisions de sa journée en se persuadant que d'autres valeurs existaient, l'art ou l'alcool, prêt à obéir à son intuition, venait d'engager, à deux heures du matin à Bucarest, un écrivain français dont il n'avait pas lu une ligne.

« Ce sera bien la première fois de ma vie que je serai salarié ! », s'entendit répondre Daniel

Flamm. Lui, qui préparait un livre sur le sel, se souvint de l'étymologie du mot « salaire », quand des soldats romains étaient payés en sel, et se dit que le sel de la terre vanté par le Christ était devenu l'argent, un bon thème pour un chapitre. Il était à Bucarest grâce à la parution de son dernier livre traduit en roumain. Ari Torkkel, toujours à la recherche d'arbres à convertir en fibres, s'intéressait aux forêts du nord de la Roumanie et à celles de la Moldavie. Il prendrait l'avion dans quelques heures pour tenter de négocier des hectares de résineux à l'ouest de Chisinau. Un de ses principaux concurrents, un autre Finlandais, venait d'acquérir plus de cent mille hectares en Amérique du Sud. Ari Torkkel était loin du compte et, confia-t-il à Daniel en vidant le cruchon de palinca, il se sentait humilié.

Un salarié qui n'était pas obligé de venir au bureau : Daniel n'aurait jamais pensé à une telle clause. Il disposa d'un bureau de quinze mètres carrés rue Marbeuf, presque à l'angle avec les Champs-Élysées, dans un immeuble où Torkkel venait d'acheter tout un étage. Il avait le code et les clés, deux ordinateurs, des téléphones et un petit frigo toujours rempli de Lapin Kulta, la bière blonde finlandaise, de Finlandia, la vodka finlandaise, d'œufs de saumon, de harengs à l'aneth : il ne manquait plus que la *Valse triste* de Sibelius, le plus célèbre des Finlandais, comme musique d'ambiance.

Flamm arrivait un peu avant minuit et s'en allait quand il entendait les femmes de ménage à sept heures du matin. Au début, elles avaient eu peur en le voyant surgir à cette heure-là, et puis elles s'étaient habituées, même s'il ne venait pas souvent. Son nouveau travail devait le faire beaucoup voyager.

À Bucarest, Torkkel avait loué une voiture avec chauffeur et raccompagna Daniel Flamm à son hôtel. Ceaucescu n'avait pas eu le temps de détruire toute la ville. Il restait de vieux et beaux hôtels, un passage couvert surnommé le Petit Paris. Il était trois heures du matin, un peu tard pour appeler Astrid en France. Y avait-il un décalage horaire avec les Balkans ? En faveur de qui ? Il l'appela quand même. Elle lui dit : « Tu as trop bu, je ne comprends rien à ce que tu racontes. Tu as vu l'heure ? Je travaille tôt demain matin. » Elle créait des imprimés pour un groupe textile italien. Ils se connaissaient depuis plus de vingt ans maintenant, ils avaient eu deux filles ensemble, Iris et Olga, l'aînée voulait devenir astrophysicienne et la cadette costumière de théâtre et de cinéma. Il raconta sa soirée à Astrid en répétant trois fois les mêmes phrases. De l'argent providentiel pour lui ! Il pourrait enfin apporter son aide à Astrid, fille d'une riche antiquaire de Zurich, qui assumait depuis toujours les dépenses de la famille. Il lui offrirait ce percolateur italien avec un levier, le modèle surmonté d'un aigle chez La Pavoni, qui coûterait aussi cher que leur chaîne stéréo qui avait déjà coûté cher. Astrid aimait le café, adepte du café moulu par elle-même juste avant de le tasser légèrement dans le filtre. Elle avait des amis qui lui envoyaient de Turin des cafés en grains qu'on ne trouvait nulle part à Paris. Elle n'aimait que le café qu'elle buvait chez elle. Au lieu d'avoir un projet de livre sur le sel, ne ferait-il pas mieux d'écrire sur le café en hommage à sa femme ? Astrid conseilla de demander la plus forte somme possible, un sujet qui fut abordé par Torkkel huit jours plus tard lorsqu'il proposa vingt-cinq mille francs français net par mois. À ce prix-là, qu'attendait-il de Flamm ? Combien de temps ce caprice durerait-il ? Torkkel était intarissable sur la forêt boréale, la forêt eurasienne, neuf mille kilomètres de la Norvège au Pacifique, des centaines de millions d'hectares, des épicéas, des mélèzes, des pins sylvestres, des érables, des tilleuls qui feraient les plus beaux papiers du monde. Il décrivait avec précision, comme s'il en était propriétaire, tous ces arbres dont il donnait les noms en anglais, *Norway spruce, Siberian larch, Scots pine, oak, maple.* Daniel découvrit la Finlande, ses lacs, ses poissons, le hareng baltique menacé par la dioxine, les jolies promeneuses d'Helsinki et une jeune prostituée ukrainienne que Torkkel lui envoya à l'hôtel et qu'il renvoya, certain qu'elle était mineure. Il la raccompagna dans le hall et lui offrit un verre au bar. Elle commanda un cocktail sans alcool sous le regard impassible d'une serveuse. Sans doute la petite prostituée était-elle connue dans l'hôtel.

Grâce à l'argent de Torkkel, Daniel n'aurait pas à en demander à son éditeur mais, pour commencer un nouveau livre, il fallait qu'il accepte d'entrer dans sa mémoire comme dans une baignoire trop remplie et qui déborde. Ce qu'il avait envie de dire était aussi ce qu'il ne voulait pas dire. Tout en détestant parler de ce qui le concernait le plus, il savait pourtant que c'était ce qu'il avait à faire.

Pourquoi ne pas écrire plutôt une vie de Jules César, décrire le siège d'Alésia ? Jules César avait terminé le récit de sa Guerre des Gaules en déclarant, parlant de lui à la troisième personne : « Ensuite, il partit pour l'Italie », un beau programme.

Mesdames et Messieurs, je vous présente Daniel Flamm (c'est moi). J'ai une histoire à raconter. Je ne peux plus la garder pour moi. C'est une histoire déjà ancienne dont il faut que je me délivre. Me délivrer veut dire que je suis prisonnier. Raconter un drame aide-t-il à vous en libérer ? Bien sûr que non, bien qu'on nous fasse miroiter le contraire. On aimerait que ce soit comme ça, on aimerait être délivré, mais se souvenir est une horreur. Même quand la mémoire vous rend heureux, elle vous rend triste. Revoir des photos de mes filles quand elles étaient petites me fait monter les larmes aux yeux. Jamais je ne revivrai ces moments. On a beau revenir en arrière, on ne peut plus rien changer. On y voit sans doute un peu plus clair, mais à quoi bon y voir plus clair quand c'est trop tard ?

Cette histoire eut lieu pendant que je travaillais pour Torkkel. « Avoir lieu » est une expression qui tombe à pic : les lieux auront compté dans le récit que je m'apprête à faire. Est-on amoureux de la même façon dans des villes différentes ? Pas toujours. Il y a déjà une différence entre un hôtel et un appartement. J'aurais pu dire « cette histoire se passa », ce qui introduirait le temps plutôt que l'espace. J'en aurai fait des voyages pour le compte de Torkkel. On s'appelait par nos noms de famille, jamais Daniel, jamais Ari. Il ne venait pas volontiers à Paris et préférait me faire venir à Helsinki. Il adorait la pêche et nous partions dans des avions privés pour nous retrouver au bord de lacs ou de rivières à parler affaires, tandis qu'il pêchait des éperlans, des brochets ou l'*Arctic charr*, une sorte de truite saumonée, ou des sandres. Torkkel était cinéphile, nous avions vu les mêmes films, nous admirions le néoréalisme italien, il connaissait tout le cinéma scandinave, Dreyer, Sjöberg, les actrices. Il considérait Ingmar Bergman comme un père : « Ses films m'ont formé, même si ce n'était pas un bon père dans la vie. Sa fille aînée se trouva réduite à faire des photos où elle posait nue à quatre pattes devant des miroirs, elle a écrit un livre qui ne donne pas envie de connaître son père, mais ça n'empêche pas les films d'être des chefs-d'œuvre, n'est-ce pas ? »

Je suis allé voir le musée du Papier à Atlanta, le Robert C. Williams Paper Museum : Torkkel voulait en créer un dans son pays. Je fus accueilli au Georgia Institute of Technology – le Georgia Tech – par des étudiants enthousiastes qui me remirent des kilos de documentation. J'aurais pu rester des semaines avec eux. J'assistai à un cours de reliure, à une démonstration de fabrication de papier japonais. Torkkel m'envoya aussi voir le musée du Papier à Tokyo. Je lui fis des rapports. Exposer des papiers sous vitrine, imprimés ou pas, était insatisfaisant. Le papier doit se toucher, comme les sculptures par exemple. C'était compliqué. La meilleure solution était d'ouvrir une boutique où le visiteur aurait pu toucher d'abord, acheter ensuite, toutes sortes de papiers venus du monde entier, le musée devenant un alibi. Torkkel ne voulait pas vendre les papiers des autres. Je lui ai apporté des papiers français, avec ou sans coton, des Rives, du Marais Médaille dont il se contenta de dire : « Je vais faire mieux ! » On abandonna le projet.

Au Canada, en Colombie-Britannique, j'ai vu arriver les camions chargés de rondins qu'on plongeait dans l'eau pour détacher les écorces. Une forêt entière venait de mourir, victime d'une épidémie due à des scarabées. Torkkel récupérait le bois mort à bas prix. À Montréal, où Torkkel voulait s'associer avec un groupe québécois, je rencontrai des gens très soucieux de l'environnement, qui ne parlaient que de fibres recyclées et de papiers « écologiquement responsables ». Un attaché de presse efficace me trouva des interviews qu'il appelait des entrevues. J'étais payé pour faire l'éloge du papier, pour mettre à mal le slogan annonçant une société sans papier, alors que des centaines de billions de kilos de papier et de carton sont utilisés chaque année sur la planète. Il y a du papier jusque dans les postes de télévision. Torkkel avait raison. Un écrivain qui fait l'éloge du papier est plus crédible qu'un homme d'affaires. Je connaissais déjà Montréal. J'y avais présenté mon premier roman. C'est une ville où je me sens à l'aise.

Plus tard, Torkkel revendit sa boîte, à un moment où elle valait beaucoup d'argent. Il me fit verser ce qu'on appelle de confortables indemnités, des mots qui ne sont ni dans mon vocabulaire ni dans mes habitudes. En avion, il m'avait toujours fait voyager en première classe. Il allait falloir que je me réhabitue à la classe éco.

Je ne sais pas s'il faut que je pleure ou que je prie – deux activités qui ne sont pas mon genre – avant de décrire les actes et les gestes d'une jeune femme. Il arrive que la mémoire favorise l'oubli dans un premier temps pour mieux vous coincer un jour. La mémoire est ambiguë. Je ne dirai pas que c'est une traîtresse, elle risquerait de s'en souvenir. Non. C'est une amie.

Je ne vais pas bien. Ce n'est pas le meilleur moment pour affronter un passé pénible. Je suis vite fatigué. Je souffre peut-être d'insuffisance cardiaque. Et l'autre jour, j'ai pris un des ouvrages qui s'entassent depuis longtemps sur une chaise dans ma chambre : *Le Diable amoureux.* Une carte postale qui m'avait sans doute servi de marque-page tomba du livre, c'était une carte postale en noir et blanc, une rue de Montréal sous la neige, avec les pittoresques escaliers en fer qui conduisent à l'étage. Dieu sait que j'ai aimé l'hiver à Montréal. Dieu sait-il que j'ai aimé celle qui m'écrivit sur cette carte : « Je t'embrasse partout » ? J'ai revécu en pensée (« en images » serait plus exact) des moments que nous avons partagés, Justine et moi. Le souvenir des moments érotiques fut éprouvant. Aujourd'hui serais-je encore capable d'une telle dépense d'énergie ? Je m'en souvenais à peine. Plus rien ne subsistait de nos caresses. Il doit y avoir quelque chose de sain dans l'oubli. On oublie le sexe pour en avoir encore envie.

J'ai écouté la *Neuvième Symphonie* de Beethoven et au bout d'un quart d'heure, trop ému, j'ai appuyé sur *Stop.* Je ne suis allé qu'une fois au concert avec Justine, c'était pour écouter cette Neuvième, je crois que nous nous étions caressés pendant tout le premier mouvement, *allegro ma non troppo.*

Cette histoire, la comprendrais-je mieux si je la racontais ? Ce sera une grande remise en question pour moi, mais si on n'a pas le courage de se remettre en question, on devient quoi ?

J'ai déjà un titre : *Royal Romance.* C'est le nom du cocktail – moitié gin, un quart Grand Marnier, un quart fruit de la passion, un soupçon de grenadine – dont raffolait Justine, la jeune femme qui sera l'héroïne de ce livre. L'auteur en fut personnellement amoureux.

Chapitre premier

Nous autres, êtres humains qui voulons comprendre (« nous devons comprendre, donc nous comprendrons », a dit un mathématicien allemand, et c'est gravé sur sa tombe), ayant fini par nous décharger paresseusement de ce travail sur la science, biologistes, physiciens, radio-astronomes, « frères humains qui après nous vivez », nous rêvons de voir nos problèmes réduits à la plus simple des formules, quitte à ce qu'elle soit incompréhensible mais au moins rassurante, les problèmes que nous posent les astres et les étoiles, les trous noirs, la mousse quantique et la matière exotique (nous avons de la mousse quantique dans nos cerveaux !), le jour et la nuit, l'amour et la haine, les ovipares et les vivipares, les électrons et les positrons, les phénomènes irréversibles, les singes et leur patrimoine génétique, les statues de l'île de Pâques, la preuve de l'existence de Dieu, la psychose et l'autisme, l'argent, le sexe, le désir de remonter le temps, les horreurs de chaque guerre, la bêtise et la poésie, Schubert, Van Gogh, la maladie et la santé, la mort et ses définitions successives, l'amour, la procréation, les rencontres innombrables, constantes, entre des êtres vivants destinés à s'aimer. J'ai souvent pensé que je ne pouvais être aimé que par de grandes nerveuses. J'en suis arrivé à un postulat incontestable pour moi, indémontrable pour elles : « Il faut qu'une femme soit un peu folle pour s'intéresser à moi », l'adjectif dans cette phrase étant un compliment, parfois perçu comme tel.

Justine aimait regarder des films pornos, c'est à elle que je dois mon peu de science à ce sujet. Les films pornos m'ennuient dès que le couple passe aux exercices buccaux. Les approches sur le canapé, premières caresses, premiers effleurements de bouches, début de déshabillage réciproque, il y a là suspense et désir. Ce qui suivra, de toute façon mal filmé, n'est jamais surprenant. Je prenais goût aux passages qu'elle me montrait à condition que la fille lui ressemble vaguement.

Je voudrais écrire quelque chose sur elle, comme un peintre ferait au fusain le portrait de sa compagne. Un texte modeste, un portrait sans fioritures, sans psychologie, sans trop de métier. Juste des informations.

Mon premier roman obtint un des prix littéraires de l'automne. Dans ma biographie, c'est un point de repère. Je n'avais pas trente ans. C'était l'époque où l'armée soviétique commençait à combattre les moudjahidin en Afghanistan et où Gorbatchev se mit à réclamer glasnost et perestroïka, deux substantifs qui allaient modifier bien des choses. On était en pleine guerre Irak-Iran. Il y eut en Inde, à Bhopal, l'explosion d'une usine de pesticides du groupe américain Union Carbide : invité à la radio ou à des journaux télévisés de province, j'étais gêné d'avoir à parler de mon roman après des reportages sur les milliers de personnes mortes pendant leur sommeil, les yeux et les poumons attaqués par le nuage toxique. Les médecins qui n'avaient reçu aucun renseignement sur ce gaz secret étaient impuissants. La plus grande catastrophe industrielle de tous les temps, disait-on. C'était au tout début du mois de décembre 1984. J'ai continué de m'intéresser à la catastrophe de Bhopal, aux procès, à Union Carbide racheté par Chemical Dow, aux millions de dollars et aux plus nombreux millions de roupies qui ne ressuscitaient personne, au directeur américain emprisonné en Inde et tirant finalement son épingle du jeu, partant à la retraite en Floride ou en Californie.

L'actualité est l'ennemie de mon travail. Je ne suis pas arrivé à finir à temps un de mes livres – promis pour la fin août – à cause du naufrage d'un sous-marin nucléaire russe, le *Koursk*, dans la mer de Barents en plein mois d'août 2000. Pendant des jours, toutes les télévisions parlèrent de l'agonie des cent dix-huit jeunes marins, certains morts sur le coup, mais on imaginait les survivants, lentement asphyxiés peu à peu au fond d'une mer froide. Cent mille litres d'eau par seconde étaient entrés dans le sous-marin, nous disait-on, tandis qu'au bord de la mer Noire, le président de la Fédération de Russie, Vladimir Poutine, se délectait de poissons grillés au barbecue, dans une résidence avec courts de tennis, salles de cinéma et plages privées. Le président n'interrompit pas ses vacances, la Russie refusa des experts étrangers, Anglais et Norvégiens. Il fallut que Bill Clinton téléphone pendant vingt minutes à Poutine pour que la Russie permette enfin à du matériel anglais d'arriver trop tard sur place. Les mères des marins morts jetèrent des gerbes de fleurs dans la mer dont les courants empêchaient les dernières recherches. Des entreprises hollandaises remontèrent à la surface une partie des milliers de tonnes du sous-marin, les réacteurs nucléaires et les missiles qui pouvaient exploser à tout moment. Cela coûta une fortune, de l'argent qui aurait pu servir à indemniser les familles, disait-on à Moscou et à Mourmansk où des dizaines de sous-marins nucléaires au rebut sont surnommés des Tchernobyl flottants. Quelques corps de marins furent retrouvés par hasard et rendus aux familles.

Obsédé par le *Koursk*, je n'écrivais plus. Mon livre fut annoncé. Il ne parut pas.

Pour en revenir à mon premier roman, pendant que j'en corrigeais les épreuves, on avait inauguré à Paris le nouveau pont des Arts : encore aujourd'hui, je trouve que l'ancien était mieux. N'était-ce pas aussi l'année où on manifesta dans les rues de Paris contre la réforme de l'enseignement privé ? On s'occupait moins de la qualité de l'enseignement dispensé que de la distribution de l'argent public. Comment sont formés les professeurs ? Leur dévouement suffit-il ? Combien de professeurs chacun de nous aima et admira pendant ses études ? Deux ? Trois ? Trois, c'est déjà beaucoup. Les socialistes au pouvoir reculèrent devant un million de manifestants. Le gouvernement préféra démissionner. Comme tout cela me paraît loin.

J'ai continué d'écrire et de publier des romans. Des éditeurs étrangers m'ont invité, ce qui me permit de prendre des avions long-courriers et de connaître des hôtels que je n'aurais pas toujours pu payer avec mes seuls droits d'auteur. Comment oserais-je me plaindre de mes ventes si je pense à celles que connut Dostoïevski de son vivant ? Pour continuer d'écrire *L'Idiot* à Genève, dans l'attente d'un virement qui n'arrivait pas, il a dû envoyer sa femme mettre au mont-de-piété son unique costume, si bien qu'il ne pouvait plus quitter sa chambre sous peine de sortir en caleçon. Aujourd'hui, il serait riche, ses romans adaptés au cinéma, vendus dans le monde entier… Il pourrait retourner jouer à la roulette. Serait-il heureux pour autant ? Quand je vois les listes des meilleures ventes dans les journaux, listes auxquelles Dostoïevski aura échappé quand sa femme vendait à la maison, le matin pendant qu'il dormait, son chef-d'œuvre autoédité à trois ou quatre mille exemplaires, *Les Possédés*… Comme si ça voulait dire quelque chose, d'un point de vue littéraire, une meilleure vente. Et je sais de quoi je parle, j'y ai figuré, sur ces listes.

Je viens de finir un livre qui va bientôt paraître. Le nouveau livre de Daniel Flamm… On me surnommait Flammekueche à l'école. Tarte flambée ! C'était à Strasbourg, où je suis né, Strossburi en alsacien, une ville où des touristes cherchent l'ambassade de France, pas très au courant des rapports de l'Alsace avec l'Allemagne et la France ! Notre famille serait vaguement d'origine autrichienne et un scientifique pas très connu en ferait partie, Ludwig Flamm qui enseignait à Vienne. Je me suis intéressé à lui, il a travaillé avec un astrophysicien allemand, Karl Schwarzschild, un nom que j'avais pensé prendre comme pseudonyme (les gens choisissent des pseudonymes trop simples). Je me serais appelé

Schwarzschild pour avoir la joie d'épeler mon nom au téléphone, et pour ne plus avoir à dire « Flamm comme une flamme mais sans *e* ». Schwarzschild veut dire « bouclier noir » comme Rothschild veut dire « bouclier rouge ».

J'ai gardé mon nom. Je parlerai de Strasbourg un autre jour, du Jardin botanique, de la serre tropicale où pour la première fois une jeune fille ne se contenta pas de m'embrasser juste sur les lèvres. Nous étions seuls dans cette serre, nous aurions pu aller beaucoup plus loin.

Je retourne parfois à Strasbourg. Bien après mon départ – je suis parti pour Paris à dix-huit ans –, le centre-ville où j'ai grandi Grand-Rue fut classé au patrimoine culturel mondial de l'Unesco. C'est flatteur pour mes parents qui ne s'étaient pas trompés en achetant la maison. Ma sœur Myriam habite toujours à Strasbourg. Elle est propriétaire d'un vaste appartement quai des Bateliers, où elle reçoit ses patients. Elle a quitté son mari que je n'ai jamais supporté, le père de ses deux filles. Elle m'a dit, sur un ton peu convaincant ou peu convaincu : « Je me contente d'avoir des amants qui me rendent contente. » Elle est psychiatre. Il y a une plaque en cuivre à droite de la porte de la maison, avec son nom gravé en lettres majuscules, en caractères Vendôme : « Myriam Flamm, psychiatre ». Je suis le parrain d'Irène, sa fille aînée dont j'ignore l'âge exact et à qui j'envoie des livres d'art à Noël. Avec ma sœur, nous allons dans des winstubs où nous mangeons ce que nous ne supportions plus quand nous avions quinze ans, du *bibeleskäs* (qui n'est jamais que du fromage blanc comme on en trouve partout) avec ail et ciboulette, un *baeckeoffe*, du foie gras, leurs nouilles alsaciennes aux œufs alors que je n'aime que les pâtes italiennes, les spaghettis de Martelli en Toscane, les *penne rigate* de Cavalieri dans les Pouilles, les *fusillotti* de Rustichella dans les Abruzzes : autant connaître les noms de ceux à qui on finit par faire confiance, c'est la moindre des choses. À Turin, je connais un restaurant où les pâtes sont faites à la commande. On attend longtemps mais elles sont fraîches. On mange bien à Turin.

À Strasbourg, ma sœur et moi trinquions au gewurztraminer vendanges tardives à la mémoire de notre père. Il était dentiste, un des premiers en France à s'être intéressé aux implants. Il avait créé un quatuor à cordes amateur avec d'autres médecins, deux oto-rhinos et une pédiatre. Mon père était premier violon, la pédiatre violoncelliste. Ma sœur et moi soupçonnions cette pédiatre d'être amoureuse de notre père. Nous n'avions pas voulu voir que c'était réciproque. Le quatuor Flamm ne se contentait pas de Beethoven. Ils s'affrontèrent à la « deuxième école de Vienne » : Schönberg, Berg, Webern. À quatorze ans, je fus prié d'aimer la *Suite lyrique* de Berg et un quatuor de Webern, son opus 5 qui me plut aussitôt et surclassa mes classiques d'alors, la *Petite Musique de Nuit* et le *Concerto de Noël* de Corelli.

Un soir, j'ai invité ma sœur au *Crocodile.* J'avais voulu faire le malin, la bluffer un peu – comme si on pouvait bluffer sa sœur ! Il y avait de la musique de Vivaldi en fond sonore. Nous avons évoqué le goût de notre père pour le design, pour les fauteuils et les canapés de chez Knoll, l'époque où il y avait moins de monde dans les rues, l'époque où nos parents nous emmenaient parmi les chênes et les pins de la forêt de Haguenau. On espérait apercevoir des biches ou des chevreuils. Myriam se souvenait mieux que moi de ces promenades en forêt, dans l'insouciance et l'improvisation, les deux enfants n'ayant à se préoccuper de rien, avec leurs grosses chaussures et leurs sacs à dos où on avait mis du pain et du *presskopf* que je détestais, avec mon père qui connaissait les noms des arbres, ceux qui supportent l'ombre, ceux qui résistent au froid, les épicéas dont les feuilles ont une couche de cire, avec Maman qui chantait *Le Bon Roi Dagobert*, qui me regardait en chantant « Votre Majesté est bien essoufflée ».

Myriam me pose toujours des questions gênantes sur mes livres, sur le nombre de chapitres que j'aurais déjà écrits. Au *Clou*, sa cantine, je lui avais dit : « J'ai du mal à finir mon livre. » Elle m'avait répondu : « Est-ce que tu l'as commencé, au moins ? » Elle avait raison. J'avais des cahiers et des carnets remplis de notes, des chemises à rabat dont les élastiques maintenaient tant bien que mal toute une documentation très pointue, articles de journaux, originaux de mes fax, reproductions de tableaux découpées au cutter dans des livres d'art que je sacrifiais pour la bonne cause, mais je n'avais pas dix pages que je puisse confier à un imprimeur.

J'ai toujours fini mes romans dans des imprimeries en province. J'arrive la veille, je rédige quelques nouvelles pages en pleine nuit à l'hôtel et je me présente à l'imprimerie tôt le matin. Je suis attendu. On m'introduit dans un petit bureau parfois sans fenêtre avec la même sollicitude que les responsables d'un zoo accueillant un animal en voie de disparition. J'aime citer dans des interviews la phrase d'un expert en relations éditeur-auteur, lui-même éditeur, fils et petit-fils d'éditeur : « Daniel a besoin du coït avec l'imprimerie. » Si j'étais marchand de fruits et légumes, j'aurais besoin du coït matinal avec Rungis. Si j'avais été chirurgien-dentiste comme mon père, qu'aurais-je pensé de la dentition de mes patients ? Je n'ai jamais voulu lui parler du plaisir qu'il trouvait à anesthésier des gencives à longueur de journée. Peut-être le plaisir de soulager son prochain, quelque chose à quoi je ne crois guère, sans doute à tort. Plaire et faire plaisir n'ont pas grand-chose en commun. Si je plais aux autres, c'est à moi que je fais plaisir, et si je fais plaisir aux autres, serait-ce un sacrifice ? Mais ce sacrifice me fait peut-être plaisir, allez savoir.

C'est à Strasbourg que m'arriva quelque chose qui ne me serait peut-être pas arrivé si j'avais choisi de publier sous le nom de Schwarzschild, un nom plus difficile à retenir que Flamm. J'étais à la librairie Kléber, au rayon poésie, lorsque j'entendis une voix féminine : « Pardon monsieur, êtes-vous Daniel Flamm ? » J'étais passé à la télévision quelques jours avant. Elle me dérangeait, je lui répondis : « Non, je ne m'appelle pas comme ça. » La fille ne bougeait pas. Sympathique, avec un imperméable qui lui allait bien :

— C'est fou comme vous lui ressemblez.

— Imaginons que je sois lui. Qu'est-ce que vous lui vouliez ?

— Je viens d'acheter un de ses romans pour l'offrir à ma sœur. C'est son anniversaire.

— Je vais vous dédicacer le livre, vous n'aurez qu'à dire que vous avez rencontré Daniel Flamm.

— Ah non ! Ce serait un faux…

Quand je raconte cette histoire, on croit que je l'ai inventée. Je n'aurais pas pu l'inventer. Elle ressemble à ma vie.

Le Sel, mon nouveau roman, va paraître dans quelques semaines. Lundi, je pars pour l'imprimerie. Le sel n'est qu'un sujet apparent. Le vrai sujet, c'est, comme toujours : « À quoi riment nos vies ? » Tout est parti d'un texte que j'avais lu sur une boîte de sel achetée en Suisse, à Bex : « Tenu au sec, le sel est de conservation illimitée. » Conservation illimitée ! À part le sel, je n'ai jamais rien vu dont on nous vante la conservation illimitée. J'ai des casseroles en fonte garanties à vie, ce qui est loin d'être illimité.

Je parle des mines de sel, du salage des routes, du sel rose de l'Himalaya et du sel noir d'Hawaii. Horace disait qu'on mène une vie agréable, pour peu que brille (*splendet*) sur la table une salière… Je cite un quatrain de lui au début du roman. Comme je suis content que mes parents m'aient fait étudier le latin, ce qui me permet de m'y retrouver dans les éditions bilingues de ses poèmes.

Le sel fait grimper la tension artérielle. Il vaut mieux mettre des épices que du sel dans les plats. *Les Épices*, tant que j'y suis, pas un mauvais titre !

Je suis allé visiter la mine de sel de Wieliczka au sud de la Pologne. Elle fut classée par l'Unesco dix ans avant le centre de Strasbourg. C'est là que se passe la fin de mon roman, dans la chapelle creusée et sculptée à cent mètres de profondeur par les mineurs, et on n'en revient pas d'être là. Des lustres éclairent cette chapelle, la lumière est encore plus belle que dans les séquences de *Barry Lindon* éclairées à la bougie.

Pour le personnage principal, qui s'appelle Wiktoria, je me suis inspiré de Justine, la jeune femme qui aimait les films pornos, la Québécoise sur qui je vais écrire maintenant quelque chose qui serait à mes romans comme ces bonus qu'on ajoute aux DVD.

J'avais commencé à écrire ce texte sur elle lorsque je me suis fracturé un poignet en glissant, un verre à la main, sur un parquet trop bien ciré chez des gens que je ne connaissais pas mais chez qui je devais rencontrer un éditeur argentin prêt à m'organiser une tournée de conférences en Amérique du Sud. Au lieu de partir pour Buenos-Aires, je me retrouvai aux urgences de l'hôpital Cochin d'où je ressortis avec une attelle, ce qui mettait de l'eau dans le vin de mes théories sur la jouissance. Je m'étais enfoncé des morceaux d'un verre en cristal dans la paume de la main droite – je suis droitier. Ma main fut opérée, je dus faire de la rééducation, je ne pouvais plus tenir un stylo. À peine si j'arrivais à introduire une clé dans une serrure. Changer une ampoule m'était impossible. Changer les piles de la télécommande, autant vouloir jouer du piano. Ouvrir une bouteille de champagne, n'en parlons pas. Pour oublier ma main j'ai ouvert la télévision et je suis tombé sur un western avec James Stewart : il a le bras en écharpe, la main droite bousillée, et il ne peut pas tirer au moment où il le faudrait pour sauver sa peau. Le plus difficile avec une main gauche, c'est de s'en servir comme d'une main droite – les gauchers rectifieront d'eux-mêmes. Je n'arrivais pas à ouvrir une fenêtre pour aérer la pièce où, de toute façon, je n'écrivais plus mais où je fumais, et fumer nuit à la cicatrisation. Le chirurgien m'avait dit ce qu'il devait dire à tous ses patients : « Votre main est entre vos mains. » Je vivais seul à ce moment-là. C'était il n'y a pas très longtemps et je voulais écrire l'histoire avec Justine.

Dans la rue, j'ai entendu un petit garçon de six ou sept ans demander à sa mère : « Est-ce qu'on peut manger un nuage ? » Une phrase qui tombait comme un cheveu sur la soupe dans mes ruminations, mais qui m'a plu.

2

Je n'étais pas à Montréal depuis longtemps quand j'ai rencontré Justine, je crois même que je venais d'arriver là-bas pour leur Salon du livre. Torkkel m'avait organisé un rendez-vous avec des gens de la compagnie Cascades, des pionniers du papier fin écologique. Combien de fois suis-je allé à Montréal ? Très souvent. J'avais prévu de rester une semaine, tout était organisé dans ce sens, et l'inattendu, c'est-à-dire Justine, me fit rester plus longtemps. J'avais d'autres raisons de prolonger mon séjour, des complications avec les papetiers, mais je préfère penser que ce fut à cause d'elle et pour elle que je restais. Dès que je la vis, je retombai dans ce que la psychiatrie américaine appelle le *seductive flirting.* Je lui dis : « Comme Hélène de Troie, tu as dû naître d'un œuf de cygne. » Je suis un grand lecteur des *Mythes grecs* de Robert Graves, je les offre souvent et j'en possède au moins deux exemplaires : un sur ma table de nuit, l'autre dans une valise en cas de départ improvisé, c'est une lecture idéale en avion, tous ces dieux et déesses de l'Olympe qui vous donnent de leurs nouvelles pendant que le pilote annonce des turbulences... À dix mille mètres d'altitude, Zeus incarné en soleil protège votre Airbus.

L'après-midi, malgré le froid, Justine arrivait à nos rendez-vous cheveux au vent, des cheveux noirs, en bataille, surabondants, qui contrastaient avec ses yeux bleus, des yeux qui paraissaient noirs de loin à cause des cheveux mais qui, à la lumière électrique des restaurants où nous dînions, ou à la lumière des lampes de chevet qu'elle finissait par couvrir d'un foulard pour que nous puissions nous embrasser dans la pénombre, devenaient d'un bleu qui méritait toutes les épithètes grecques ou latines dont j'essayais de me souvenir, bleu acier, bleu nuit, bleu pervenche, bleu d'orage juste avant qu'elle ne laisse voir qu'un visage aux yeux fermés.

Elle me rejoignait dans un de nos cafés préférés, un café vieillot et perdu dans l'est de Montréal, avec un long comptoir en acajou et de la sciure sur le plancher, thé au lait pour elle, cappuccino pour moi, ses cheveux ondulés encore aplatis par la chapka qu'elle venait d'enlever, la tête rejetée en arrière : « Ce soir, il faut que je me lave les cheveux, et je te signale que le sperme serait le meilleur des shampooings. » Pendant la première nuit qu'elle passa dans ma chambre d'hôtel, elle se releva pour aller dans la salle de bains et je l'entendis s'extasier à haute voix : « J'ai vraiment de beaux cheveux ! » Cet élan de narcissisme incontrôlé me fit sortir du lit pour aller voir la femme qui aimait ses cheveux d'une façon si désarmante. Plus d'une fois, elle me dit : « J'ai la peau d'une douceur exceptionnelle », prenant mes mains pour que je puisse vérifier en lui caressant les épaules et les jambes. Cette douceur était le résultat de beaucoup de soins, elle se passait tous les jours des crèmes sur le corps. Une de ses tantes travaillait dans la mode et lui donnait des pots des meilleures marques.

Quand elle marchait, elle ne regardait jamais de côté, ni les vitrines ni moi. Elle regardait très loin devant elle, comme si elle voulait avaler les rues, pour que ce soit fait, pour que la promenade soit terminée, qu'on finisse par arriver dans un immeuble, un hôtel, un ascenseur, une chambre, un lit. Ou dans un musée. Elle trouvait très érotiques les musées. Elle aimait les restaurants qui ressemblaient pour elle à des théâtres. Elle aimait que les restaurants soient pleins et qu'on lui trouve quand même une table. Elle aimait les gants. Elle en avait des dizaines. Tout son argent passait à acheter des gants, des gants longs jusqu'au coude, des gants vernis, des moufles – veau, porc, kangourou –, des mitaines, des gants en agneau avec le manchon en laine tricoté à la main. Elle enfilait des gants matelassés gris ou noirs, remuait les doigts. Ses gants les plus chics, elle les faisait venir des manufactures de Millau, la capitale française du gant. Je lui demandais si ce n'était pas une contrainte de porter des gants qu'il faut enlever quand on doit chercher de la monnaie par exemple, et elle ne comprenait pas : « En tout cas, ça fait de jolies mains ». Les gants ça peut devenir une passion et vous rendre fou. Mais tout, dès qu'on s'y intéresse de très près, peut vous rendre fou.

Quels projets avions-nous ensemble ? Nous revoir le lendemain, ça s'arrêtait là.

« Parlez-moi donc de vos projets d'avenir », m'avait dit en terminale un de mes professeurs à qui je n'avais pas osé répondre : « Comme s'il existait des projets pour le passé ! » Cette expression de *projets d'avenir* traîne encore dans trop de dictionnaires.

Je viens de découvrir que les ordinateurs permettent de revenir en arrière. C'est le côté utopique de ces engins, conçus comme si l'irréalisable n'existait pas, se présentant comme des machines à remonter le temps qui permettent de réparer quelques accrocs dans la vie quotidienne de l'utilisateur. Vous faites une bourde ? Vous changez inconsidérément de page d'accueil ? Vous avez fait confiance à des mises à jour auxquelles vous ne compreniez rien ? Vous avez envoyé à la corbeille des photos que vous avez soudain envie de revoir ? Vous venez de cliquer sur des noms de sites dont les mérites vous appâtent et vous égarent, et vous voilà perdu : adieu fichiers, dossiers, mails, favoris, polices, PDF…

Mais si Dieu est amour, comme le rappela opportunément la première encyclique du pape Benoît XVI, Windows et Microsoft aussi. Entre les chrétiens décrits par le pape, engagés dans le travail caritatif, et les informaticiens prêts à nous secourir en promettant de régler automatiquement les problèmes, je devine une complicité qui s'arrête au moment où le pape me demande sur qui je pourrai compter quand l'action humaine se montrera impuissante, si ce n'est sur Dieu. Mais qui me soulagera mieux que l'auteur de cette sentence sous copyright Microsoft Corporation : « La résolution des problèmes s'est terminée sans détecter de problème » ? C'est par cette phrase que devraient se terminer toutes les scènes de disputes ici-bas. Le pape ne fait pas de miracles, Windows en fait. Le miracle s'appelle la restauration du système. Le 30 avril, je lis sur l'écran : « Votre système a été restauré à l'état qui était le sien au 3 février dernier. Vos documents n'ont pas été affectés. » Trois mois de récupérés ! Je voudrais tant être restauré à l'état qui était le mien quand j'ai rencontré Justine, avant les bourdes, les gaffes, la souffrance, avant ce que l'ordinateur nomma un jour *défaillance irrémédiable*, une notion que le pape contesterait et c'est ce qu'il y a de sympathique chez lui et dans les religions qui ignorent l'irrémédiable. On peut toujours se sauver, se repentir, se refaire une santé morale, ressusciter plus tard ou se réincarner tout de suite. Un moine japonais écrivait des lettres aux poissons : « Message à tous les poissons qui vivent dans ce lac ! Vous avez mal lu mes lettres de l'année dernière. Vous étiez des êtres humains dans une autre vie, laissez-moi vous manger afin que vous puissiez redevenir humains dans votre prochaine vie. » Il jetait la lettre dans le lac et pêchait ensuite deux ou trois poissons pour son dîner.

Justine et moi, on s'entendait vraiment bien, sans être amoureux fous pour autant – je ne fus pas son comte Vronski, elle ne fut pas mon Anna Karénine. Nous avions assisté, en plein hiver, à une rétrospective des adaptations d'*Anna Karénine* à la Cinémathèque québécoise, sur Maisonneuve Est, métro Berri-UQAM : il neigeait autant dans les rues de Montréal que dans les films. Greta Garbo, Vivien Leigh, Tatiana Samoïlova firent l'admiration de Justine. J'achetai le roman de neuf cents pages en Folio. Dans la chambre, elle me lut à haute voix les quelques paragraphes qui racontent le suicide d'Anna Karénine lorsqu'elle se jette sous le deuxième wagon d'un train, n'ayant pas réussi à se débarrasser de son sac avant de se jeter sous le premier wagon, si je me souviens bien.

Emballés par Tatiana Samoïlova, nous avions acheté le film qui la révéla, *Quand passent les cigognes.* « C'est le premier film que j'ai vu en salle, je devais avoir douze ans », me dit Justine, et moi qui ne pleure jamais, j'ai failli pleurer devant cette histoire d'amour et de guerre qu'interprétait une actrice débutante de dix-huit ou dix-neuf ans devenue plus tard « artiste du peuple de l'URSS ». Lorsqu'on voit Véronika, la jeune héroïne, trahir son fiancé parti au front pour en épouser un autre, c'est poignant. La petite Justine devenue entre-temps cette jeune femme serrée contre moi s'était-elle alors identifiée à l'infortunée fiancée ? Je fus loin d'être indifférent à l'érotisme que dégageaient le corps et les mouvements de l'actrice, un érotisme auquel je fus ce soir-là d'autant plus sensible que je savais qu'à la fin du film, je me retrouverais dans les bras de ma voisine. Après le mot « Fin », je cherchai la date de tournage sur le boîtier : « 1957 ! Les cinéastes de la Nouvelle Vague ont tous vu ce film, c'est évident, Palme d'or à Cannes, ils s'en sont largement inspirés. Le cinéma européen n'a jamais payé sa dette au cinéma soviétique. » Justine ne me savait ni cinéphile ni péremptoire à ce point. Elle se lança dans un éloge de la littérature russe : « Les écrivains russes, pas besoin de lire autre chose. J'ai commencé à prendre des cours de russe pour les lire dans le texte, et puis j'ai laissé tomber. »

Elle me demandait : « Est-ce qu'on aime parce qu'on est déprimé, ou est-ce qu'on est déprimé parce qu'on aime ? » Elle plaçait la dépression assez haut dans son système de valeurs : « Être déprimé, ça montre qu'on a une certaine conscience. Enfin, pas trop déprimé quand même… »

S'appelait-elle Justine à cause des romans de Sade ? J'étais loin du compte : elle s'appelait Justine en hommage à sainte Justine, la patronne du CHU Sainte-Justine à Montréal, où sa mère, enfant, avait eu la vie sauve dans le service de chirurgie pédiatrique. J'eus droit à un topo sur le centre hospitalier quand nous passâmes devant en taxi, Côte-Sainte-Catherine, en rentrant d'un concert de jazz. Montréal, au début du vingtième siècle, était la deuxième ville au monde, après Calcutta, pour la mortalité infantile et une très riche femme d'affaires qui se prénommait Justine avait créé un hôpital pour enfants. À l'âge adulte, la mère de Justine de nouveau hospitalisée à Sainte-Justine pour une fausse couche avait fait le vœu d'appeler son prochain enfant, si elle en avait un, Justin ou Justine.

Justine Comtoise. J'avais remarqué ce nom sur le programme, en assistant au spectacle de fin d'année d'un cours d'art dramatique où m'avait entraîné un ami. Ce programme photocopié donnait les noms des interprètes, sans mentionner le rôle qu'ils tenaient. Justine Comtoise, par ordre alphabétique après une Régine Beaulieu et une Madeleine B… Impossible de savoir comment s'appelait la fille qui tenait le rôle principal et faisait appel à beaucoup mieux que du métier qu'elle n'avait pas encore, à beaucoup mieux que du talent, puisqu'elle incarnait ce soir-là, pour moi, la poésie. Était-ce Régine Beaulieu, ou Madeleine je ne sais plus comment, ou cette Justine Comtoise dont le nom avait attiré mon attention à cause des horloges de Franche-Comté, les comtoises. Il y en avait une dans la cuisine de mes grands-parents maternels. Je fus chargé d'arrêter le balancier lorsque ma grand-mère mourut. J'ai hérité de cette horloge et de sa gaine en bois de sapin. Entourée de papier bulle, elle s'abîme dans mon garde-meubles où elle ressemble à un sarcophage de momie égyptienne. Quand je suis entré dans la salle des sarcophages à l'étage du musée du Caire, j'ai pensé à autant d'horloges. Les couvercles soulevés, les bandelettes détruites, on devinait des mâchoires et des orbites qui ne marquaient plus l'heure mais un enviable désir d'éternité, des visages détruits ou stylisés par les siècles et qui n'étaient plus responsables de rien. Je ne vais pas seulement restaurer mon ordinateur à une date qui me reportera quelques mois en arrière et me donnera l'illusion de gagner du temps, mais aussi mon horloge désormais muette alors qu'elle a rythmé les demi-heures d'une sieste quotidienne quand je passais l'été chez mes grands-parents dans ce que les agents immobiliers se sont mis à appeler la « Drôme provençale ». J'ai du sang drômois par ma mère. La Drôme n'est pas encore la Provence, c'est l'admirable et unique Drôme, de Tain-l'Hermitage et Valence à Nyons, Buis-les-Baronnies, Séderon, des noms prononcés dans ma famille bien avant ma naissance, des noms que j'appris à aimer tandis que je grandissais loin de là, en Alsace, des noms de grandes vacances, des noms comme Mérindol-les-Oliviers et Montbrun-les-Bains. Chaque famille a sa géographie. Nous avions projeté d'aller dans toutes ces villes et villages, Justine et moi. On aurait pris le train et puis on aurait loué une voiture avec un lecteur de CD – j'avais cessé de conduire depuis que j'avais des problèmes de vue, Justine conduisait très bien – mais au lieu de partir pour la Drôme, on a pris l'avion pour Madrid où je venais d'être invité par Jorge Alcala, mon éditeur espagnol qui voulait mettre au point avec moi la sortie d'un de mes romans. Quand je découvris l'image sur la couverture, je faillis repartir. Avec une telle couverture, qui achèterait mon livre ? J'avais l'impression de tenir en mains un livre publié quatre-vingts ans plus tôt. Jorge nous emmena dîner à *La Trainera*, un restaurant de poissons qui me fit oublier mon énervement. Nous avons mangé des civelles avec une petite fourchette en bois, ces jeunes anguilles qui coûtent si cher.

À la fin du repas, Jorge promit d'acheter les droits de traduction de mon prochain roman. Il embrassa Justine avant qu'elle ne monte dans le taxi qu'il nous avait commandé. Le lendemain, j'appris par sa secrétaire qu'il venait de partir pour Londres et que nous étions ses invités, *full credit*, pendant huit jours. Il se faisait pardonner la couverture et sans doute les futures mauvaises ventes. L'hôtel nous plaisait. Huit jours de bonheur madrilène avec Justine n'avaient plus rien à voir avec la littérature.

La première fois que nous nous sommes parlé à Montréal (je la découvris en train de se laver les dents), Justine devait avoir vingt-six ans. Peut-être vingt-quatre ? À mon avis, plutôt vingt-quatre. Je n'ai jamais su précisément son âge, je ne le lui ai jamais demandé. J'aurais pu ouvrir son passeport quand elle le laissait traîner dans les chambres d'hôtel où nous allions. Je n'y ai même pas pensé. Mon âge à moi, je ne le connaissais que trop bien. Elle me le fit oublier. N'avais-je pas plus ou moins l'âge d'être son père ? N'en avais-je pas plutôt tout à fait l'âge ?

3

Dans la rue, quelle est la date de naissance de ceux dont je croise le regard, provisoirement regroupés sur un bord de trottoir en attendant que le feu passe au vert, comme une famille prête aux disputes et aux réconciliations ? Où en sont-ils de leur vie ? Les enfants que leur mère fatiguée gifle pour une broutille devant tout le monde, les amoureux dont les yeux brillent, des jeunes gens qui ont raté ou réussi des études ou des entretiens d'embauche, des quadragénaires qui ont assisté à des enterrements, d'autres plus âgés qui auront du mal à traverser le boulevard avec leur dos qui les fait souffrir, chacun avec ses idées, chacun occupant sur la planète la place que lui assigne d'autorité la vie humaine. Le feu devient vert. Nous cessons de ressembler à des voyageurs qui tendent leur carte d'embarquement avant de pouvoir entrer dans l'avion. Nous nous séparons, ayant à vivre chacun de notre côté les années qui nous attendent. Ce serait horrible de connaître la date de sa mort, inscrite sur un carnet de santé, mais des chercheurs en rêvent. Les dates de naissance ne leur suffisent plus. Finirons-nous par avoir dès le berceau une date de péremption comme les yaourts ou les sardines ? Daniel Flamm, à consommer de préférence avant mars 2027, janvier 2033... Quand je l'ai dit à Justine, rapide, impulsive, elle enchaîna : « Je vais te consommer tout de suite ! »

Mon intérêt pour les âges des autres apparut dès le collège, lorsque je découvris les petits Classiques Larousse, une collection qui fit connaître la littérature à des millions d'élèves. Je fus l'un d'eux.

Je m'étais procuré la liste des deux cents volumes déjà parus. Je la connus vite par cœur. Pour Noël, pour mon anniversaire, je ne voulais rien d'autre que des petits Classiques Larousse avec la couverture d'origine. Les noms des auteurs et les titres des œuvres, composés dans la même typographie sobre, s'inscrivaient dans une sorte de cartouche ovale surmonté d'un dais d'une couleur mauve un peu pâle comme une fleur d'iris qui va bientôt se faner.

Mon père lisait peu, malgré tous les livres sous vitrine dans la salle d'attente. Il préférait écouter de la musique qui le changeait des plaintes ou des cris de ses patients. Il se retirait seul dans le salon, il testait ses nouvelles enceintes. Le nombre de soirs où j'aurai entendu de loin, en finissant mes devoirs, les sonates pour violoncelle seul de Bach ! Aujourd'hui encore, pour penser à lui – il est mort d'une crise cardiaque le 7 février 1987 –, j'écoute ses disques, j'ai gardé tous ses 33 Tours, ils étaient impeccablement conservés, sans aucune rayure, c'est moi qui suis en train de les abîmer.

Papa mettait son point d'honneur à lire chaque année quelques romans récents, plutôt des traductions, pour rester, disait-il, en prise directe sur son époque. Il aimait voir son fils plongé dans les pages choisies des plus grands auteurs, La Bruyère, Diderot, Vauvenargues, Voltaire. Il oubliait Ronsard et ses amours, Ronsard qui m'intriguait en écrivant : « Amour, je prends congé de ta menteuse école » ou cet autre vers que je glissais à l'oreille de Justine tandis que nous marchions l'un contre l'autre dans le vent glacé, rue Prince-Arthur : « L'ardeur d'amour ressemble aux pailles allumées ». Ronsard aima une Marie et pleura sa mort : elle allait avoir trente-deux ans, il en avait plus de cinquante et même si les âges n'avaient pas le même sens au XVIe siècle que pour nous, cette différence d'âge me faisait penser à Justine et moi, Justine que je retrouvai en fin d'après-midi au Café Cherrier, où elle m'attendait devant une assiette de fromages. Elle lisait un petit Classique Larousse, une pièce de théâtre d'Alfred de Vigny, *Chatterton* : elle s'intéressait au personnage de Kitty Bell, l'amoureuse qui meurt après le suicide de son amant. Elle voulut me lire la fin de la pièce : « Pas en public, tu vas te mettre à crier et on va croire que c'est à cause de moi ! » Elle se retourna, regarda dans la salle : « Mais il n'y a que des acteurs ici. Ils comprendront. »

Elle me lut la description de Kitty Bell : « Jeune femme de vingt-deux ans environ... Longs cheveux bouclés dont les repentirs flottent sur le sein... » En note, on donnait la définition de ces repentirs : cheveux qui pendent des deux côtés du visage, roulés en tire-bouchon. Justine redit la phrase : « Longs cheveux dont les repentirs flottent sur le sein... Je vais me coiffer comme ça demain ! En tire-bouchon, ce n'est pas très poétique, en queue d'oiseau-lyre, plutôt »

Je lui pris le livre des mains et cherchai dans les premières pages : « Voilà ce qui m'enchantait dans cette collection, je vois qu'ils l'ont gardé. C'est ce qui me donnait l'impression que les écrivains formaient une grande famille. Écoute : *Vigny avait quatorze ans de moins que Stendhal, sept de moins que Lamartine, deux de plus que Balzac, cinq de plus que Victor Hugo... Voltaire avait dix-neuf ans de plus que Diderot. Ronsard avait environ trente ans de moins que Rabelais, neuf ans de plus que Montaigne.* »

Daniel Flamm avait-il vingt ou vingt-cinq ans de plus que Justine Comtoise ? « On s'en fout », aurait-elle dit. Je connaissais sa mère. Comme elles ne portaient pas le même nom de famille, je n'avais pas fait le rapport entre elles. La mère de Justine dirigeait une librairie dans le Vieux-Québec, pas loin d'un des plus beaux hôtels du monde où Hitchcock s'installa quand il tourna *La Loi du silence* avec Montgomery Clift, le Château Frontenac où je logeai à mon tour. Elle m'avait invité dans sa librairie lors d'un voyage précédent, nous avions dîné ensemble après la rituelle séance de dédicaces et elle m'avait parlé des problèmes que lui posait sa fille, une adolescente qui voulait faire du théâtre et entre-temps ne faisait rien sauf fréquenter des drogués. Gabrielle Marcotte, à peine plus jeune que moi. Divorcée. Elle avait mis une photo de moi en vitrine. Très bonne libraire ! Lorsque Justine lui avait appris qu'elle venait de passer quelques nuits avec moi, elle avait dit à sa fille, qui me le répéta : « Quand je pense que j'aurais pu coucher avec lui ! Il met un préservatif, au moins ? »

Justine m'avait parlé des gangs de rue à Montréal, qui se disputaient les territoires de ventes de drogue. Elle avait l'air d'en connaître un bout. Elle se disait désormais loin de tout ça et en parlait comme si elle résumait une bande dessinée, avec les Bad Boys, les Bo-Gars, les Black Dragons, les Crazy Adolescent. Un « filthy few » était un membre des Hell's Angels qui avait commis au moins un meurtre. Tout ça à Montréal, je n'en revenais pas. « Qu'est-ce que tu crois ? Les Québécois ne passent pas seulement leur temps à défendre la langue française. Regarde les chaussures, méfie-toi des mecs avec des lacets rouges. Ils sont très violents ! Il y a eu des morts. Moi, j'ai passé un mois, peut-être même pas, avec un *striker.* Il m'emmenait dans des bars clandestins. Un striker, c'est un ancien *hangaround.* Ne cherche pas à comprendre, c'est des motards, je me suis tirée à temps, il aimait parader devant ses copains avec une fille sur sa moto. Il n'en demandait pas plus. Il avait une guitare, il chantait bien. Et moi j'aime la moto et la musique. J'avais dix-neuf ans. Je le voyais pour faire chier ma mère. »

Ce n'était pas la muse d'un striker qui m'avait attiré, mais la jeune comédienne que j'avais rencontrée le soir de la première à la fête – au *party* – que donna chez lui Guillermo, le décorateur de la pièce, un peintre cubain réfugié au Canada. J'entrai dans la salle de bains pour me laver les mains et je reconnus la jeune femme qui m'avait troublé pendant le spectacle. Elle ne s'était pas démaquillée et se brossait les dents : « Je viens de manger un gâteau trop sucré. » Elle replia et rangea sa brosse à dents dans son sac et me sourit. Deux heures plus tard, nous quittions la fête de Guillermo et nous nous retrouvions dans un taxi. « Allez les amoureux, nous dit le chauffeur haïtien, vous êtes ma dernière course de l'année, je pars demain faire le fou à Rio de Janeiro. » Justine s'était emmitouflée dans une parka et je ne sais combien de chandails. Je n'avais jamais eu aussi froid de ma vie. Elle se moqua de moi : « Mon petit Français, il faudra que tu achètes d'autres chaussures pour marcher dans notre neige. » Elle m'emmena boire une soupe chez *Bens*, un « delikatessen » qui fut détruit plus tard malgré les protestations de ceux qui voulaient le faire classer. Chaque fois que je suis retourné à Montréal, mes restaurants préférés avaient disparu, le *Sam* ou bien le *Lux*, un des endroits au monde que j'ai le plus aimé, moi qui ai beaucoup voyagé, et son slogan :

LE RESTAURANT DE LA NUIT
OUVERT MÊME LE JOUR.

Avec Justine, on se retrouva à ne pas savoir quoi faire à deux heures du matin par moins cinq degrés. Je la serrai dans mes bras. Ses cils gelaient. Dans un deuxième taxi, elle me dit : « Il vaut mieux que je rentre chez moi, on m'attend. » Elle écrivit son numéro de téléphone au feutre sur mon poignet.

Je passai le plus clair de mon temps au Salon du livre, visitant chaque stand et sortant parmi les derniers, heureux de rencontrer des gens qui, comme moi, aimaient la littérature. Bientôt une secte… Jusqu'au dimanche, Justine et moi, nous nous sommes parlé chaque soir pendant au moins deux heures d'affilée. Le lundi, j'allai chercher des cadeaux à rapporter à ma famille. Je découvris les délices de ce qu'on appelle au Québec le magasinage, un mot plus attirant que shopping.

Rentré à l'hôtel, j'écoute Justine sur le répondeur de la chambre : « Je voulais te dire qu'il y a chez moi tout un émoi à cause de la longueur de nos coups de téléphone. »

Je la rappelle et tombe sur son message d'accueil : « La fée et son sorcier sont actuellement indisponibles. » Après le striker, le sorcier. J'avoue avoir un peu tiqué. La fée et son sorcier, quelle connerie ! Elle n'était peut-être pas aussi futée qu'elle en avait l'air. Je ferais mieux de rentrer à Paris. Je n'avais plus rien à faire à Montréal. Avant de prendre ma douche, j'appelai Astrid.

J'avais un dernier dîner professionnel et je rentrai tard. Nouveau message de Justine : « À un moment de notre relation qui n'est pas resplendissant et qui me donne envie de le quitter, il me dit de te dire que je suis très amoureuse de lui. » Il, le sorcier.

Tout de suite après, elle avait laissé un autre message : « Daniel, c'est toi que je voudrais dans ma vie. » Comment pouvais-je compter à ce point et si vite dans sa vie ? Une folle, mais avec un si joli corps…

Finalement, je suis resté.

4

Quand je dis à Justine qu'elle débarquait dans ma vie comme une héroïne de roman policier, elle trouva que ça la changeait des compliments qu'on lui faisait d'habitude :

— Tu m'appelleras ta petite garce, ça ira très bien avec ma robe rouge !

Elle trouvait vulgaire de lire des romans policiers. Je lui offris quelques classiques, Chandler, Hammett, des James Hadley Chase et même un Peter Cheyney, *This Man is Dangerous*, Peter Cheyney, l'inventeur de Lemmy Caution et de Slim Callaghan, sans parler de ces superbes créatures qui abandonnent négligemment leur manteau d'hermine pour apparaître dans un fourreau ultradécolleté en satin noir. « *This Man is Dangerous*, un titre pour une biographie de toi », dit Justine.

Elle découvrit que la misogynie était le pain quotidien de ces auteurs :

— Une phrase comme « On ne sait jamais ce qu'une poule a dans le crâne », tu trouves ça comment ? Un univers où les chevelures des femmes sont toujours couleur de miel et où elles ont toutes des yeux d'un bleu saphir... Je vais me replonger dans Maupassant !

C'était avant la mode des longs polars psychologiques américains ou scandinaves, où l'action s'interrompt pour laisser la place aux récits d'enfance et aux états d'âme des enquêteurs.

Ce qui me plaisait dans ces vieux romans policiers, c'étaient les phrases anodines entre deux récits de meurtres. J'en cherchai devant elle et quand je fus rentré à Paris, elle s'amusa à m'en glisser une au milieu de chacune de ses lettres. Le jeu était de deviner l'auteur. « Écoutez, bébé, si vous essayez de me faire une entourloupette, ce sera tant pis pour vous. » Goodis ? Ou bien : « C'était une de ces femmes dont un homme peut facilement s'éprendre. Elle en valait la peine. » À mon avis, du Peter Cheyney. « Après une bonne heure de vol, l'avion de Rome déposa les deux truands à Turin vers trois heures de l'après-midi. Ils allèrent prendre la voiture qu'ils avaient louée. » Là, je séchais.

Nous aussi, nous avions loué une voiture, à la gare routière de Montréal. On voulait prendre un autobus Voyageur, les horaires ne nous convenaient pas, on avait décidé de louer une impressionnante Buick Roadmaster (Buick, la voiture de ceux qui ne peuvent pas s'offrir une Cadillac), une voiture conçue pour entasser des gardes du corps plutôt qu'une petite garce avec en guise d'escorte son amant alsacien qui lui apprit, pendant qu'elle conduisait, que l'armée suédoise s'était livrée aux pires infamies en Alsace, pillant, incendiant, violant, assassinant. Elle venait de m'annoncer qu'elle avait eu une liaison avec un acteur suédois pendant le Festival des Films du monde alors qu'on se connaissait déjà. À sa question : « Tu as déjà été amoureux d'une Québécoise avant moi ? », j'avais étourdiment répondu qu'elle n'était pas la première. Elle me sortit alors son Suédois.

Dans la baraque du loueur de voitures, je voulus régler avec ma MasterCard, mais, pour les assurances, il fallait que ce soit le conducteur qui paye. Justine sortit sa carte de la Banque royale du Canada en me faisant jurer de la rembourser. Nous partions pour les cantons de l'Est. Elle m'emmenait voir sa grand-mère maternelle, à une centaine de kilomètres, disait-elle, mais finalement c'était plus loin. On aurait mieux fait de prendre un autobus pour New York : sept heures de route.

Je me suis retrouvé avec une carte du Québec sur les genoux, Justine ne sachant plus où nous nous trouvions. Route 122, autoroute 30 ? Vers

Bécancour, vers Saint-Nicéphore ? Drummondville, Victoriaville ? D'habitude c'était sa mère qui conduisait quand elles allaient voir sa grand-mère : « Déplie la carte, c'est dans la région Chaudière-Appalaches. » Elle prononça tranquillement Chaudière-Appalaches comme j'aurais dit Porte d'Orléans ou Mairie de Montreuil. *Chaudière-Appalaches* ! Un titre de poème surréaliste… D'ailleurs, André Breton avait été conquis bien avant moi par le Québec. Quand on serait de retour à Montréal, j'irais chercher le livre de Breton où il décrit dans sa prose à la Bossuet je ne sais plus quels paysages québécois, dans *Arcane 17* je crois. Entre-temps, je guettais des numéros de route, des villages portant des noms de saints dont je découvrais l'existence.

On roulait sur des bouts d'autoroutes pas terminées. Justine conduisait trop vite. L'apparition du verglas, la neige durcie, nous menaçaient. Nous avons doublé deux souffleuses à neige. Il y avait eu de la bouillie de sel répandue sur l'asphalte. Les pneus de la Buick étaient neufs, avait assuré le loueur de voitures en enregistrant la carte de crédit de Justine. Je m'y connaissais en sel, y compris en sel de déneigement, et en viabilité hivernale.

J'aurais préféré qu'on prenne une chambre à l'étage du manoir en pierre où nous bûmes du thé en sachet tandis que sa mère expliquait au téléphone qu'il fallait qu'on revienne en arrière. Le soir allait bientôt tomber. « Merci de ne pas t'énerver », me dit Justine, sans que je sache si elle me remerciait de ne pas m'être énervé jusque-là ou me demandait de ne pas m'énerver dans les heures qui allaient suivre. Assis à côté d'elle, j'avais l'impression de regarder un documentaire consacré au Québec du Sud.

Justine finit par croire qu'elle s'était perdue exprès pour prolonger ce qu'elle appela notre intimité automobile. Nous avions chacun un sac de voyage sur la banquette arrière, puisque nous avions prévu de dormir chez la grand-mère.

Pourquoi, alors que des années ont passé, me souvenir avec tant de détails des images de ce voyage ? Des reflets métalliques donnaient à un vaste ciel de fin d'après-midi sans nuages l'aspect d'un abri blindé nous enveloppant comme dans un train fantôme, d'un revêtement d'acier dû au dieu forgeron, à Héphaïstos lui-même, le mari d'Aphrodite qui était la propriétaire (Justine m'écoutait) d'une ceinture ayant le pouvoir de rendre n'importe qui amoureux de celle qui la portait.

— Nous ne dormirons pas ensemble.

— Mais pourquoi ?

— Tu ne te rends pas compte, ma grand-mère serait choquée.

— Mais tu viendras me voir la nuit ?

— Tu n'y penses pas, je dormirai avec elle. Elle se réveille au moindre bruit. Elle sait que je n'arrive pas seule.

La grand-mère me demanda de l'appeler Mamy Jo. Quel âge avait-elle ? Moins de quatre-vingt-dix ans puisqu'elle déclara : « Je ne veux pas fêter mes quatre-vingt-dix ans, c'est un chiffre qui m'enquiquine ! »

Elle avait sorti du congélateur des queues de crevettes et des filets de cabillaud qui dégelaient dans des assiettes à côté de sa cuisinière électrique. Elle avait mis sur la table des couverts argentés qu'elle avait achetés à Paris lors de son seul voyage en Europe : « J'ai aussi de la grosse orfèvrerie, tout vient de chez Christofle, mais je ne trouve personne pour la réargenture. » La cuisine était bien chauffée. Justine avait enlevé son pull, elle était en T-shirt à manches courtes.

Avant de passer à table, la grand-mère avait ouvert une boîte remplie de photos : « Je vais vous montrer Justine enfant. Mettre des photos dans des boîtes, c'est plus intéressant que les albums où tout est figé. C'est en désordre, et chaque fois que je rouvre la boîte, c'est du nouveau. Vous buvez du vin, monsieur ? Je n'en ai pas. »

J'avais acheté deux bouteilles d'un bon bourgogne et Justine lui demanda de m'appeler Daniel.

— Tu n'avais pas un petit copain de ton âge, la dernière fois ? Il ne s'appelait pas Daniel, lui aussi ?

C'est ainsi que j'appris le prénom du sorcier.

Tout seul dans une minuscule chambre sous le toit, je me demandais pourquoi j'étais là. J'étais furieux de dormir seul. Justine m'avait à peine embrassé en me montrant la chambre, comme si elle avait peur de ce que penserait sa grand-mère si elle s'attardait.

Le voyage de retour fut monotone. Justine résuma la situation : « Il faut qu'on fasse l'amour le plus vite possible. » Et elle accéléra malgré le verglas. Nous venions d'éviter de justesse notre première dispute. Elle ne s'en était même pas rendu compte. Tout en surveillant les panneaux de signalisation, je me disais qu'il était temps que je rentre en France. Je devais être bien mal en point pour avoir marché dans la combine de cette visite à une grand-mère.

J'observais Justine de profil. Dans le rétroviseur, je voyais ses yeux auxquels le soleil des cantons de l'Est donnait une couleur italienne, le bleu des peintres toscans. Elle était belle et laide, elle avait des défauts qui faisaient sa beauté, ce qui est le propre de beaucoup de femmes quand on y pense. Je n'étais pas en train de vivre l'histoire d'amour du siècle. Justine me plaisait mais il fallait que je me calme. Encore heureux qu'elle n'ait pas organisé un dîner avec sa mère !

Sur le chemin du retour, la direction de Montréal était bien indiquée. Un silence gêné s'était installé entre nous. J'aurais voulu qu'on descende de la voiture pour mieux regarder un ciel dont je me souviendrais toute ma vie. Ce n'était plus de l'espace mais une sorte d'infini, sans êtres humains, rien que le vent, le froid, la lumière qui semblait ne plus rien devoir au soleil, un désert au-dessus de nos têtes.

5

Les scènes dont je vais me souvenir maintenant auront pour décor l'hôtel Reine Elizabeth qui forme un cube de mille chambres construit en 1958, assez laid à regarder de l'extérieur, mais comme on va y entrer, ce n'est pas grave. Nous sommes au 900 boulevard René-Lévesque Ouest, Montréal, Québec, Canada H3B 4A5.

L'hôtel appartiendrait aujourd'hui à un prince saoudien, mais quand Justine vint m'y rendre visite, il faisait partie de la chaîne du Canadien Pacifique, le chemin de fer créé au XIXe siècle pour relier l'Atlantique, en partant de Halifax, à Vancouver et à l'océan Pacifique. Des hôtels de luxe furent bâtis, éparpillés le long de la ligne ferroviaire, dont la copie d'un vaste château écossais à Banff, dans les montagnes Rocheuses, où Jack Nicholson interprétera un siècle plus tard un écrivain déjanté dans *The Shining*. Je voudrais revoir le générique sur un grand écran, les montagnes, la petite voiture filmée de très haut, la majestueuse musique inspirée par Berlioz.

Comme j'avais envie de passer du temps avec Justine, j'eus l'idée de proposer à la chaîne des hôtels Canadien Pacifique de me financer le voyage en train Halifax-Vancouver, avec un séjour pour deux personnes dans chacun de leurs hôtels. Pourquoi ne pas profiter d'un moment où j'étais un peu connu au Québec pour écrire un livre de voyage tous frais payés ? Depuis un moment, on parlait de supprimer le train transcontinental, il y eut une campagne d'affichage : « Si vous voulez sauver le train, prenez-le ! »

J'imaginais un récit dans le genre nonchalant des écrivains anglais du XVIIIe siècle, de Fielding et de Sterne, l'auteur d'un *Voyage sentimental à travers la France et l'Italie* qui mourut avant de rédiger la partie sur l'Italie, un livre que ne connaissaient sûrement pas les dirigeants de Canadien Pacifique.

La perspective de longues nuits avec Justine dans ces admirables vieux hôtels, de petits déjeuners pris en commun, de salles de bains partagées, de découvertes de restaurants, sans compter les couchettes première classe du train, me donnait une grande envie d'écrire et m'enthousiasmait.

Je pris des notes pour un argumentaire : « Histoire d'un couple qui fait ce long voyage. Tout se passera dans des intérieurs, compartiments et chambres, des lieux qui deviendront aussi vastes que l'univers. Entre la fiction du couple et le documentaire géographique sera évoqué un sujet philosophique qui nous concerne tous : comment se comporter en face de l'autre ? » Oserais-je écrire pour les décideurs de Canadien Pacifique une formule comme « ce sera un livre qui récite un poème » ? Après tout, ils vendaient du rêve. Leur ligne de conduite depuis le début, c'était : « Puisque nous ne pouvons pas exporter les paysages, importons les touristes. »

L'idée d'un couple leur plairait-elle ? Ils préféraient peut-être s'adresser aux businessmen ou aux familles nombreuses. Leur dirais-je que le couple est la plus belle trouvaille que la nature ait jamais faite ? À propos de nature, me demanderaient-ils de décrire plutôt les lacs, les cascades, les champs de blé que leurs trains traversent pendant des jours ? Je les entendais : « De l'amour, pourquoi pas, mais bien sûr pas d'érotisme », alors que dans leurs chambres des programmes payants, discrètement facturés, diffusaient jour et nuit à la demande d'une clientèle d'hommes d'affaires trop seuls des films aux titres dépourvus de toute ambiguïté.

Justine prononçait le mot « porno » avec une telle délicatesse, comme si elle prononçait porto ou pruneaux, comme si elle disait : « buvons un peu de porto », que la pornographie cédait le pas à la poésie, ce qui, on l'admettra, est un comble quand on s'intéresse à ces films qui ne la laissaient pas indifférente, à mon avis moins pour elle que pour voir ma réaction, et moins la réaction de mon sexe que celle de mon cerveau, lesquels sexe et cerveau réagissaient peu à ces images toujours mal cadrées, filmant de trop près ce qu'on souhaite voir en plan plus large, et si rarement des corps ou des visages attirants.

Inracontable aux décisionnaires de Canadien Pacifique, bien que cela se passa chez eux, je vécus une scène à laquelle je ne m'attendais pas au Reine Elizabeth. Comment un Anglais du XVIIIe siècle l'aurait-il rédigée ? Aujourd'hui, nous sommes plus franco. Une bite est une bite – un substantif qui m'aura choqué pendant des années : je disais, comme les médecins qui l'examinaient, « verge ».

Diane-Sophie Beausoleil, un nom peut-être trop long pour les affiches (elle aussi voulait devenir comédienne), était la meilleure amie de Justine. Une blonde classique, qui avait de jolies fesses et un string sous son pantalon bien coupé. Son père avait voulu l'appeler Sophie, sa mère Diane, d'où le trait d'union, Diane-Sophie. Les initiales faisaient D.S. Elle portait un de ces noms de famille québécois qui font craquer les Français de passage, comme Ladouceur, Laframboise, Lespérance. Nous avions quelquefois dîné tous les trois dans des restaurants chinois où elles allaient embrasser le personnel en cuisine. Les deux amies se connaissaient depuis leur enfance. D.S. devait en savoir long sur le sorcier.

Nous avions projeté un nouveau dîner à trois et on avait rendez-vous dans ma chambre.

D.S. arriva la première. J'avais fermé les deux battants dorés qui séparaient le salon de la chambre. Par la fenêtre, on apercevait le dôme de l'église voisine, une réplique miniature de la basilique Saint-Pierre de Rome. Un peu d'Italie ! D.S. prit un Coca dans le minibar : « Tu ne veux pas plutôt du vin ? – Pas tout de suite, on va attendre Justine pour l'alcool. » Justine se ferait sûrement monter un *Royal Romance.* On attend donc Justine qui appelle et annonce qu'elle aura une heure de retard. Elle enregistrait les *Trois contes* de Flaubert pour une de ces collections de CD qui prétendent que l'écoute d'un texte est une autre manière de le lire. Il y avait eu des problèmes, elle nous rejoindrait plus tard, où décidions-nous d'aller ? J'avais réservé une table chez Ferreira pour trois personnes, un chiffre que n'aiment pas les restaurateurs. « Donc chez Ferreira tout à l'heure. Je te donne l'adresse, rue Peel. C'est très beau chez Ferreira, on dit que c'est le meilleur restaurant portugais en dehors du Portugal. L'autre jour j'ai mangé une salade de morue grillée qui était parfaite. Il y a une carte d'une centaine de vins portugais. »

Justine ne voulait jamais qu'on remplisse trop son verre, elle trouvait que c'était inélégant. C'était une lutte sournoise et exténuante avec les serveurs. Elle avait beau les surveiller, ils profitaient de la moindre de ses inattentions pour lui remplir son verre à ras bord, à une vitesse qui nous empêchait d'intervenir. On les vexait en disant : « Laissez-nous nous occuper de la bouteille ». Encore fallait-il que la bouteille soit sur notre table et pas en leur pouvoir sur une table de service éloignée.

Diane-Sophie me demanda si je n'étais pas déçu de me retrouver seul avec elle alors que j'attendais mon amoureuse. « Déçu d'être avec toi ? Bien sûr que non ! Finalement, es-tu allée voir la pièce de Thomas Bernhard ?

— Ce n'est pas précisément à Thomas Bernhard que je pense. Si tu n'étais pas avec ma meilleure amie, je ferais tout pour coucher avec toi, et je suis sûre que ce ne serait pas difficile. J'ai bien vu que tu avais envie de moi, et moi de toi. C'est réciproque, ces choses-là. »

Elle avait de jolis seins auxquels j'essayais de ne pas faire attention.

— Il est temps d'ouvrir la bouteille de vin !

Je remplis les verres, elle s'éloigna, s'étendit sur le canapé de l'autre côté de la table basse, face à la télévision. Je m'installai dans un des fauteuils.

« On a une petite heure devant nous. Dis-moi que tu as envie de coucher avec moi. Dis-moi que tu as envie d'embrasser mes seins.

— Oui.

— Je vais te faire un strip-tease et tu vas te caresser pendant ce temps-là. Tu verras mes seins, mes fesses, je ne fais pas ce cadeau à tout le monde.

Attends de voir mes fesses ! Et mes seins, j'ai de plus beaux seins que Justine, je le sais, je les ai vus, ses seins. »

Et si Justine débarquait ? Mais non, elle devait nous retrouver chez le Portugais. De toute façon, la concierge aurait téléphoné pour me prévenir. J'oubliais que Justine avait la clé de la chambre ! Diane-Sophie jouait-elle à ce jeu avec tous les copains de ses copines ? L'avait-elle fait avec le sorcier ? Justine le savait-elle ? Je répondis : « Buvons encore un peu. Finissons la bouteille.

— Il nous restera moins de temps. »

Je me trouvais dans une de ces situations tordues qu'il semble que j'attire. Justine et Diane-Sophie avaient-elles mis au point ce scénario ensemble ?

Je soulevai la bouteille : « Un vin épicé, c'est mieux que fruité.

— En ce moment, il n'y a pas que le vin qui est épicé ! »

Vingt minutes plus tard, je me lavais les mains dans la salle de bains et j'entendis Diane-Sophie crier : « Mais dépêche-toi, Justine va finir par se douter de quelque chose. On va prendre un taxi et on dira qu'on est venus à pied et qu'on s'est perdus. » Je caressai le soutien-gorge vert vif qu'elle venait de remettre. Chez Ferreira, elle demanda un vin très épicé, le plus épicé possible, d'un ton naturel, parfaitement à l'aise, comme si elle connaissait l'existence des vins épicés depuis toujours. Elle posa des questions à Justine sur sa lecture comme si, pendant ce temps-là, nous avions regardé dans ma chambre des clips ou CNN, pas le moins du monde embarrassée par ce que nous venions de faire.

En sortant du restaurant, il faisait si froid que nous arrêtâmes tout de suite un taxi. Je me trouvai assis entre les deux amies. On déposa D.S. chez elle. Justine rentrait dormir avec moi à l'hôtel. Dans l'ascenseur, elle me demanda si ça ne m'avait pas ennuyé que Diane-Sophie ait dîné avec nous : « Elle est brillante, je l'adore, c'est ma meilleure amie, c'est tellement bien d'avoir une meilleure amie. » À table, on avait abordé le sujet des cachotteries. Qu'est-il permis de cacher, et à qui ? D.S. avait conclu : « Moi je ne cacherai jamais rien à ma meilleure amie. » Elle avait tout pour devenir une excellente comédienne.

En pleine nuit, Justine qui m'embrassait alors que nous aurions dû dormir, me demanda :

— Ça te plairait de me voir faire l'amour avec un autre homme ?

— Tu veux dire à trois ?

— Ah non ! Toi, tu regarderais.

— C'est quoi, ce piège ?

— Je ne sais pas. J'aime les expériences. J'ai dit ça en l'air.

Le lendemain, on a pris le métro, je voulais explorer le nord de la ville, on est descendus à Crémazie, on est entrés dans un sex-shop tenu par un couple d'obèses, la femme enveloppée dans un sari en soie mauve tenait la caisse. Le mari nous entraîna dans un coin de la boutique et, après s'être essuyé les mains sur sa chemisette à fleurs, il sortit de leurs boîtes des godemichés comme je n'en avais jamais vus, hérissés de crêtes multicolores en caoutchouc, tels des figurines de dinosaures. Il avait déballé un gode à reflets dorés avec télécommande : « Madame le porte dans son vagin, et dans un rayon de huit cents mètres, Monsieur peut le faire vibrer, par exemple quand elle fait les courses dans le quartier. Le modèle existe en d'autres couleurs. J'offre les piles.

— Non, je n'en veux pas ! J'ai peur de m'habituer. Après, je ne pourrai plus m'en passer. »

Le vendeur essaya autre chose : « J'ai des boules de geisha en azurite qui viennent d'arriver. » À la caisse, sa femme soupirait : il était en train de rater une vente. Justine, qui m'avait montré des films avec double pénétration et *ass-licking*, s'informa de ses meilleures ventes en DVD. Il avait reçu des imports anglais et elle sortit du magasin avec une compilation de *gang bangs* en me disant : « Tu vas voir ce que tu vas voir ! »

Je rencontrai une responsable de la communication chez Canadien Pacifique. Ses patrons ne comprenaient rien à mon projet de livre. Elle m'offrait deux billets de train et des nuitées gratuites en échange de quelques pages pour une revue de tourisme où elle placerait mon article.

Il fallait aussi que je rentre à Paris où, autre paire de manches, m'attendait ma vraie vie.

J'aurais aussi bien pu partir pour l'Inde, un pays où j'ai toujours refusé d'aller, persuadé que si j'y vais, je ne reviendrai plus. Je suis un hindouiste qui s'ignore. Le polythéisme de l'Inde me fait penser à une source d'eau chaude dans laquelle je pourrais rester plongé longtemps. En 1992, j'étais au Japon et ma famille me rejoignit à Tokyo pour Noël. C'était impressionnant de nous retrouver si loin de nos lieux de naissance. Astrid avait détesté la musique diffusée sans arrêt par les haut-parleurs dans les rues. Nous avions fait de longues promenades dans les parcs, visité les plus beaux temples de Kyoto. S'il n'y avait pas eu les filles, j'aurais entraîné Astrid dans un *love hotel.* Iris et Olga se firent offrir des jouets électroniques inconnus d'elles. Elles rapportèrent à Paris des cassettes vidéo incompatibles avec notre magnétoscope pourtant japonais.

J'étais ensuite resté seul avec un essai à écrire sur le Japon, commande d'un éditeur tokyoïte qui le faisait traduire au fur et à mesure, me payait à la semaine et me fit enregistrer des interviews avant que le livre soit fini pour ne pas avoir à me faire revenir quand il paraîtrait.

Coucher avec des Japonaises me sembla d'abord impossible et puis ce fut comme partout. Je n'ai pas dû tomber sur les plus calmes et je fus plus que jamais persuadé que j'attire les exaltées : ce sont souvent les plus belles, les plus drôles. Harumi (beau printemps) et Kumiko (belle à jamais) étudiaient le français, une occupation pour jeunes filles de bonne famille qu'on intéresse dès qu'elles ont douze ans au savoir-vivre, à la grande cuisine, à la haute couture, à Versailles, à Napoléon III, à Françoise Sagan, aux sacs Vuitton…

Harumi insistait pour me fouetter et Kumiko menaça de me poignarder si je la trompais avec une autre Japonaise ou si je m'avisais de rentrer à Paris. C'est en vérifiant que je n'étais pas espionné par cette charmante amie que j'allai prendre mon billet de retour à l'agence de voyage dans le hall de l'hôtel et que je fis mettre, par un groom qui ne comprenait rien à ma précipitation, mes trois valises dans le coffre du taxi pour l'aéroport.

J'ai voulu faire connaître le Japon à Justine. Elle refusa catégoriquement que je l'invite : « Je ne veux pas que tu payes pour moi. » L'argent était là, nous n'avions qu'à le convertir en deux billets Montréal-Tokyo avec escales. Pour la rassurer, j'étais prêt à chercher une offre de dernière minute, des séjours à prix cassés. Elle en décida autrement.

Adieu futons et tatamis, ryokan, Shinkansen. Justine préférait son lit king size du Reine Elizabeth. Elle préférait la cuisine italienne au poisson cru, comme mes amis japonais eux-mêmes, qui ne jurent que par les crostini, les gousses d'ail pilées, le vinaigre balsamique. Ils se damneraient pour une tranche de lard de Colonatta fondant sur du pain grillé. C'est à Osaka qu'on me fît goûter pour la première fois ce lard très gras qui reste enfermé pendant des mois dans du marbre blanc de Carrare frotté de sauge, d'ail et de romarin.

6

« À moins que je reste encore quelques jours à Montréal ? », me dis-je en sortant du lit après avoir pourtant décidé la veille de téléphoner à Air France pour confirmer ma date de retour. Je pourrais rentrer plus tard avec Air Canada : j'aurais l'illusion, pendant le vol, de prolonger mon séjour grâce à l'équipage québécois et aux journaux canadiens qu'on distribuera dans l'avion.

J'étais maintenant au Québec depuis plus de trois mois, j'y avais passé Noël et le Nouvel An, j'étais allé à Chicoutimi, à Hull, dans les cantons de l'Est. Astrid m'avait rejoint fin décembre, je l'avais attendue à l'aéroport avec une limousine et un chauffeur, elle m'avait dit : « Un simple taxi me suffisait ! » Nous avons téléphoné ensemble à nos filles pour leur souhaiter la bonne année. J'habitais alors rue Milton dans l'appartement que je sous-louais à un ami de Guillermo, un ingénieur égyptien parti pour deux mois sur un chantier. J'espérais y terminer le livre auquel je travaillais quelques heures par jour sur deux grandes tables qui n'auraient pas tenu dans une chambre d'hôtel. Je montrai des pages à Astrid qui me fit, comme toujours, des remarques cinglantes mais pertinentes. Justine disparut pendant les dix jours qu'Astrid passa avec moi à Montréal. De toute façon, elle n'aimait pas cet appartement : « Rien n'y est prévu pour moi ! » Elle préférait de loin le Reine Elizabeth où je me réinstallai en quittant la rue Milton au retour de l'ingénieur.

Pour rester près de Justine, j'avais négocié avec Torkkel un trimestre sabbatique en prétextant un livre à finir. Il me confia quand même deux missions très courtes, dans l'Oregon et en Pennsylvanie, et me demanda de rester en contact avec des papetiers canadiens qu'il voulait associer à ses projets en Amérique du Nord. Il voulait me rejoindre pour m'emmener au bord du Saguenay pêcher sous la glace. Il aurait loué deux cabanes à pêche mais finalement il ne vint pas et mon trimestre sabbatique touchait à sa fin.

Au lieu de passer au bureau d'Air France, je suis entré avec Justine chez le bouquiniste du Carré Saint-Louis où je fus à deux doigts d'acheter un ouvrage que mon prof de philo m'avait fait étudier, *Le Temps* de Michel Souriau. Je l'aurais volontiers relu. Que le temps n'aille pas de soi, je l'avais déjà pressenti en écoutant mon père et ses amis interpréter les quatuors de Webern, une musique si compressée qu'au bout de quelques minutes on perd toute notion du temps, ce qui n'arrive pas avec les symphonies de Beethoven pour qui une heure c'est une heure : on reste dans le temps réel, si tant est que « temps réel » veuille dire quelque chose.

J'en étais là de mes cogitations lorsque j'entendis qu'on glissait une lettre sous la porte de ma chambre. Un fax de Paris ? Non, c'était une enveloppe avec mon nom calligraphié par Justine.

Le moyen de communiquer le plus enchanteur, le plus sûr aussi, reste la lettre manuscrite, postée ou portée, mise sous enveloppe par l'expéditeur lui-même – je n'aime pas les adresses écrites par une autre main que celle qui a écrit la lettre, par une assistante à qui on a dit : « Trouvez l'adresse de Flamm. »

Justine proposait de venir passer les deux prochains jours avec moi. Elle ignorait que j'avais eu la tentation de rentrer à Paris. Son chum – Daniel, autant l'appeler par son nom –, allait s'absenter de Montréal. Quel effet cela lui faisait d'avoir deux Daniel dans sa vie ? Apparemment aucun. Pourtant ce devait être troublant, ou alors pratique pour éviter de se tromper de prénom quand on passe d'un lit à un autre. Tant que j'étais à Montréal, elle n'a jamais voulu me donner leur adresse : « Il ouvrirait tes lettres, ça ferait un drame et je déteste les drames. » Je devais me contenter du numéro de téléphone, avec une indication précise des heures où je pouvais appeler. Daniel, un ancien hacker de génie, travaillait pour une boîte informatique et, une fois par semaine, se rendait au siège de la société à Toronto. Ils se séparèrent deux ans plus tard, au moment où je faisais une tournée de quelques Instituts français en Allemagne. Je venais d'arriver sur la place Gendarmenmarkt, un des plus beaux endroits de Berlin, marchant entre les deux cathédrales, lorsque Justine m'appela : « Ah, tu es à Berlin ? Il y a sûrement des vols directs Montréal-Berlin. »

Elle ne réussit pas à emprunter l'argent du billet. De toute façon, c'était compliqué. Il valait mieux qu'elle ne vienne pas, j'avais des journées surchargées et je commençais à courtiser une journaliste berlinoise, elle s'appelait Domenika. Nous avions le projet d'aller passer un week-end à Leipzig, sa ville natale, la ville de Jean-Sébastien Bach, la ville de la révolution pacifique qui avait conduit à la chute du Mur et du communisme. Domenika avait manifesté à Leipzig avec sa famille et participé aux *Montagsdemonstrationen* dont elle se souvenait avec émotion. Je pensais : « Je pourrais vivre avec elle. » Elle louait un studio dans l'ex-Berlin Est et m'y emmena. Il y avait des plantes aromatiques sur son balcon et, au-dessus du lit, une reproduction d'un tableau d'Andy Warhol, une paire de chaussons de danse. Elle avait voulu être danseuse, elle avait pris des cours à Leipzig mais elle était trop grande pour faire partie d'un corps de ballet. Elle se montra tendre et très douce. Nous nous sommes rhabillés le lendemain, tard dans l'après-midi, elle avait une interview à faire à cinq heures et devait préparer ses questions. Je lui ai téléphoné deux ou trois fois dans les années qui suivirent et quand elle a eu récemment une petite fille, elle m'a envoyé un faire-part aux bons soins de mon éditeur allemand.

Parfois, je m'interdis de sortir dans la rue pour m'empêcher de croiser des femmes avec qui je voudrais passer la soirée, la nuit, une semaine, ma vie, en ayant la prétention de croire – laissez-moi leur parler – qu'elles seraient d'accord. Charlie Chaplin écrit dans son autobiographie que chaque fois qu'il rencontrait une femme, il évaluait d'abord ses chances de coucher avec elle. Il y eut une période dans ma vie où je fus amoureux de plusieurs femmes en même temps. Leur écrire des lettres me prenait un temps fou. On se retrouvait dans des hôtels à Paris ou ailleurs. Pauline m'embrassa chaque doigt de pied, les mettant dans sa bouche l'un après l'autre, lentement, ce fut très érotique, aucune autre femme ne me l'a fait, et elle ne le fit qu'une fois. Christine, au lendemain d'une première nuit passée avec moi, voulut quitter son mari : « Je lui ai dit qu'on allait divorcer. Tu m'as fait comprendre que je ne le supportais plus. » Ils avaient trois jeunes enfants. Après son divorce, elle n'a plus jamais voulu me voir. Louise, au moment de quitter l'hôtel, m'a dit : « Ce soir, je ne sais pas encore si je ferai l'amour avec mon mari en pensant à toi, ou si je dirai que j'ai la migraine. »

Ce séjour à Montréal qui va s'interrompre et qui fut celui de ma rencontre avec Justine, était prévu pour une semaine, mi-octobre dernier, et on est début février. « C'est une ville où je vais réussir à me concentrer », ai-je écrit à Astrid en arrivant. Je m'y sentais libre, loin de ma vie. On y parlait français et il y avait un nombre suffisant de librairies. Si je n'ai pas une librairie près de chez moi, il me manque quelque chose.

J'aime l'hiver au Québec. Au moins, il fait froid et le mot « hiver » prend tout son sens, mais il est temps que je rentre à Paris. Le temps de faire mes adieux et mes valises. Je vais devoir acheter une valise supplémentaire. En trois mois, j'ai accumulé beaucoup de choses, des livres et des cadeaux pour tout le monde.

Guillermo nous invita à dîner, Justine et moi, avant mon départ. Il nous avait souvent invités tous les deux avec d'autres peintres et leurs compagnes, des Coréens, des Argentins. On parlait de Pollock, de Diebenkorn, de Beuys, de Robert Ryman, de Zurbaran, du Caravage. C'étaient des soirées agréables, détendues, passionnantes, avec des convives intelligents. On promettait de se revoir, on s'embrassait en partant. Justine était heureuse comme chaque fois que nous avions un semblant de vie sociale en commun.

Guillermo me confia dans la cuisine qu'il appréciait beaucoup Daniel, le chum de Justine, « un mec sympa, très malin, je les aime bien tous les deux ». Il avait passé un tablier à carreaux sur son costume à carreaux. Il ne porte que des vêtements à carreaux. Il les assortit à merveille. « Je m'habille comme un clown », me dit-il en me tendant un verre de rhum de la Jamaïque et un de ces cigares cubains qu'il échange contre des dessins. J'ai voulu lui acheter un tableau : « Entre artistes, il n'y a pas de questions d'argent, je te l'offre. » Il nous préparait des travers de porc à l'ananas, du gratin de poulet aux poivrons, des ajiacos avec salsa criolla, des parilladas. Lui et son compagnon, un universitaire, professeur d'histoire de l'art, avaient le chic pour dénicher les meilleurs produits, des haricots noirs très lisses, du bœuf séché, une tête de porc à faire tremper pendant des heures. Justine finissait les plats, accusant Guillermo de la rendre boulimique.

— Comment fais-tu pour rester si mince en mangeant tellement ? répondait-il.

— Mystère de mon sang micmac !

Elle n'était pas mécontente de son effet. Les Indiens Micmacs étaient une importante tribu des régions maritimes du Québec avant l'arrivée des Européens. Par son père, elle avait du sang micmac. Une fille qui a du sang micmac, on ne la quitte pas comme ça.

J'ai pourtant fini par quitter Justine et Montréal après avoir été secoué par une crise d'angoisse au rayon tourisme d'une librairie où je feuilletais un album sur l'Italie. Turin, le lac de Côme, Venise, la Toscane, Rome, Naples, Capri, page après page, toutes ces merveilles défilaient sous mes yeux. Arrivé à la Sicile à la fin de l'album, je me suis mis à parler à haute voix : « Qu'est-ce que je fous ici ? Il faut que je m'en aille ! », surveillé par une vendeuse peu rassurée. Elle a dû me prendre pour un des fous qu'on laisse sortir pendant la journée et qui, le soir, regagnent leur hôpital psychiatrique. Dire que je restais loin de ces paysages, de cette architecture, de ces hauts lieux européens, de Venise ! Et pourquoi ? Pour affronter des tempêtes de neige. Je m'étais acheté une magnifique parka, des caleçons longs et des chaussures que je faisais chauffer au four à micro-ondes pour ramollir le cuir et l'enduire ensuite de miel liquide avec un pinceau, tout ça au lieu d'acheter des palmes et un maillot de bain à Palerme ou à Trapani.

Ma famille me manquait. Dix ans plus tôt, j'étais parti écrire en Bavière dans un chalet de location où me rejoignait parfois Franziska, une étudiante en biologie à la LMU de Munich, et pendant plusieurs mois, je n'avais pas vu mes filles, ce que je ne referais pas si c'était à refaire, sauf que j'étais en train de le refaire. Nous devrions partir en famille pour l'Italie. Ce serait bien. Astrid possède une petite maison dans les Pouilles, on y retournera.

Elle dessinera des troncs d'oliviers centenaires. Je lui ai souvent dit : « Je ne te quitterai jamais. » Sur ce point au moins, j'ai tenu parole : c'est elle qui finira par me quitter.

Mes dernières soirées montréalaises, je les passai avec Justine. Nous étions tristes d'avoir à nous séparer. Dans la chambre, on jouait à l'embardée, un jeu qu'elle avait inventé. Pourquoi l'embardée ? Il fallait trouver un nom, le mot lui avait plu. Le jeu de l'embardée se joue à deux. Chacun doit dire en quoi il aimerait se transformer. Il faut surenchérir sur l'autre du tac au tac. Celui qui hésite a perdu. Justine commença :

— Je voudrais être une aurore boréale qui dure une semaine.

— Je voudrais être toi.

— Je voudrais être l'océan Pacifique.

— Je voudrais être le vin que tu bois.

— Je voudrais être Leonard Cohen, dit-elle.

— Je voudrais être un oursin. Tu veux savoir pourquoi ?

— Non. Je voudrais être un parfum pour homme.

— Je voudrais être un wagon-lit.

— Je voudrais être un suppositoire dans ton cul.

Je venais de perdre.

Elle refusa de m'accompagner à l'aéroport, ne voulant pas se retrouver toute seule comme une idiote dans l'autobus qu'elle prendrait pour rentrer. Elle décida qu'on se quitterait dans la chambre. Elle pensait qu'on ne se reverrait plus : « J'aurai été quoi dans ta vie ? Tu vas m'oublier à Paris. » J'étais sûr qu'elle n'en croyait pas un mot. Elle voulut que je prenne un bain, ce serait la dernière image qu'elle aurait de moi et ensuite elle fermerait la porte et s'éclipserait mais elle me rejoignit dans la baignoire et je faillis rater l'avion.

Nous nous sommes envoyés des sms à la vitesse des champions du monde de ping-pong, juste après avoir acheté ensemble, le même jour, au même moment mais pas à la même heure, nos premiers téléphones portables, elle sur Sainte-Catherine Ouest au milieu de la matinée, moi sur les Champs-Élysées en fin d'après-midi. Nous venions d'entrer à notre tour dans l'univers du *short message service*, s.m.s. ou sms. J'avais dit tant de mal des téléphones portables que pendant des mois je cachai à ma famille et mes amis que j'en possédais un. Justine aussi. Dans une soirée à Montréal, Guillermo avait déclaré : « Je ne connais plus que Justine et moi qui résistons au téléphone cellulaire », au moment même où elle avait senti le sien vibrer dans sa poche : je venais de lui laisser un message. Sans les sms, notre relation aurait-elle duré ? Il y a dans l'immédiateté des échanges quelque chose qui fait croire à une vie en commun, comme quand Justine écrivait « Je fais la queue chez le boucher » ou « Je viens d'acheter une chemise de nuit ». Les coups de téléphone sont plus frustrants, à cause de la voix qui fait désirer la présence. C'est tout à l'honneur de l'écrit. Écrire grâce à un téléphone modifiait quelques règles et nous replongeait dans le vieux débat entre l'oral et l'écrit, mais toute la planète allait très vite s'adapter. Dans ses sms, disposant de moins d'espace que dans ses lettres, Justine devenait plus directe : « Je te veux dans mon lit, tout à moi, près de moi et souvent dans moi ! Une femme qui t'aime et qui te désire. » Elle écrivit aussi : « Notre histoire finira-t-elle bêtement, ce serait dommage pour ce qu'on a vécu. » Elle ne renonçait pas pour autant au téléphone. Étant rarement seul chez moi, ce n'était pas simple de lui répondre. Un soir, elle avait un peu bu, elle me dit : « Je te désire à en mourir, d'ailleurs je vais raccrocher et je vais mourir ! »

7

L'automne suivant, fin octobre, j'étais de retour à Montréal.

Torkkel m'avait fait réserver une chambre au Reine Elizabeth. Je retrouvais la même suite, avec un mot de la direction : « Cher Monsieur Flamm, nous sommes heureux d'être votre cabane au Canada. » Comme dans tous les hôtels où m'envoyait Torkkel, le minibar était rempli comme par miracle de bouteilles de Lapin Kulta.

J'étais là pour deux semaines mais j'avais un billet open, et je pourrais éventuellement prolonger mon séjour à mes frais. Ce ne serait pas plus cher que les notes de téléphone quand j'appelais Justine. Elle me racontait ses projets, ses promenades, me disait qu'elle avait acheté un vernis à ongles très pâle, presque nacré : « Il brille dans la pénombre. » Elle me parlait de son père qui ne s'intéressait qu'à sa collection de voitures anciennes qu'il faisait participer à des rallyes, ses Chrysler, ses De Soto, ses Dodge, ses Pontiac, une Chevrolet Impala convertible dont il était particulièrement fier : il fallait entendre Justine réciter la liste comme s'il s'agissait des sept péchés capitaux. Elle enregistrait des minicassettes que je recevais dans des enveloppes matelassées et que j'écoutais au casque. Aux appels passionnés et quotidiens du début avaient succédé des appels toujours passionnés mais plus espacés, hebdomadaires puis mensuels et moins passionnés. Les factures de téléphone diminuèrent avec le temps. Quand j'appris que j'allais revenir à Montréal, les longs coups de téléphone reprirent. Justine se libérerait, passerait chaque nuit avec moi, se demandait si je l'aimais toujours.

Nous nous étions donné rendez-vous directement à l'hôtel. Elle retrouverait dans la chambre une gravure ancienne à laquelle elle s'était attachée, un perroquet au nom latin : « Tu ne voudrais pas qu'on l'achète ? Ce perroquet nous a vus nous embrasser. » Je sortis acheter des fleurs et je retraversai presque en courant l'immense hall de l'hôtel, mon bouquet à la main : Justine allait arriver d'un moment à l'autre. Une heure plus tard, elle n'était toujours pas là. J'appelai chez elle pour tomber encore une fois sur le message de la fée et du sorcier. Le sorcier tenait bon.

J'appelai le concierge. Personne ne m'avait demandé, personne ne s'était présenté. Avait-il mon nom sur son listing avec le bon numéro de chambre ? Était-il arrivé quelque chose à Justine pendant le trajet ? Je m'inquiétais sûrement pour rien. Les fleurs me paraissaient moins belles.

Je tombais de sommeil. « Qu'est-ce qu'elle fait ? » Je n'étais pas venu que pour elle. Elle me l'avait assez reproché : « Tu viens pour ton travail. Tu aurais pu venir uniquement pour moi, mais non ! Ce serait trop te demander. »

Je me mis à lui téléphoner toutes les dix minutes, puis toutes les cinq minutes. J'étais en plein décalage horaire. Vers onze heures du soir, elle décrocha enfin.

« Je suis arrivé, je t'attends à l'hôtel, qu'est-ce que tu fabriques ?

— Je sais que tu es à l'hôtel. J'étais assise dans le hall quand je t'ai vu passer avec ton bouquet. Tu ne m'as même pas remarquée ! Je portais une robe achetée exprès pour toi. Tu étais incapable de me voir, resplendissante comme j'étais, tu ne méritais pas que je monte dans ta chambre.

— Prends un taxi.

— Je n'ai pas de quoi me payer un taxi.

— Prends un taxi, je t'attendrai devant l'hôtel et je le payerai. »

J'attendis dehors, j'étais frigorifié. En face de l'hôtel, la neige tombait abondamment sur le dôme et le parvis de la cathédrale Marie-Reine-du-Monde. Je discutai avec le portier, un

Iranien qui avait débuté comme petit groom dans un hôtel de Téhéran avant le régime islamique. Le taxi apparut vers minuit. Je vis d'abord sortir des bottes, un jean, un manteau long et les cheveux noirs de Justine répandus sur un grand col en fausse fourrure. Elle arrivait tard parce qu'elle s'était changée, dit-elle sans m'embrasser. La robe, elle la porterait une autre fois. Elle éclata de rire : « Pour des retrouvailles, c'est des retrouvailles ! »

Elle me prit le bras jusqu'à l'ascenseur et quand nous nous embrassâmes, elle regretta que l'ascenseur soit si rapide. Nous retrouvions intacte notre complicité, comme si les quelques mois que nous avions passés sans nous voir n'avaient pas existé. Elle rangea ses affaires sur la table de nuit qui avait été la sienne : « On n'est pas obligés de faire l'amour tout de suite. Tu as l'air fatigué. J'ai aussi apporté un livre. » Sans pitié pour ma fatigue, elle sortit de son sac une traduction ancienne du théâtre de Schiller : « Je me prépare à interpréter un jour Marie Stuart. Ce sera bien que ça vienne de loin. Qu'on sente que ce personnage est avec moi depuis longtemps. Écoute : *Cessez de présenter à mes yeux ces tableaux brillants et animés. Je suis malheureuse et prisonnière.* C'est déjà du Tchekhov, non ? »

Elle s'endormit la tête sur mon épaule. Les hauts et les bas, les découragements, les regrets, les déceptions inévitables pendant une si longue séparation s'étaient volatilisés en quelques instants. Il n'y avait eu aucune gêne entre nous.

Nous quittâmes la chambre dans l'après-midi en y laissant un beau désordre. Elle avait hâte de retrouver avec moi les lieux que nous avions aimés, les galeries commerciales, le complexe Desjardins, la place Bonaventure, le parc du Mont-Royal. Je lui demandai si Birks existait toujours : « Pourquoi ? Tu veux m'offrir une bague de fiançailles ? » J'eus un choc en apprenant qu'on avait mis le feu au *Mihara*, un petit restaurant où un couple de Japonais âgés, venus de Nagano, nous installait dans la cuisine quand c'était complet : « Il y a beaucoup d'incendies criminels à Montréal. Je connais des types qui se vantent d'être payés pour ça par des propriétaires qui veulent arnaquer les assurances... On ira au musée ? Je veux regarder des tableaux avec toi. Je voudrais voir des Miró. Il a dit qu'un brin d'herbe est aussi gracieux qu'un arbre. Avec une plume d'oiseau, une épingle à chapeau et un bouchon en liège, il a créé une danseuse. J'ai trouvé qu'elle me ressemblait. Je pèle de froid, pas toi ? »

On se réfugia dans un café où elle enleva ses gants et me prit la main en se penchant pour dire à voix basse qu'elle était contente d'être de nouveau avec moi. Elle se tut pendant que la serveuse nous apportait une soupe d'hiver aux lentilles.

« Regarde les gens à la table du fond. Ils rient trop fort. Rire leur donne l'air bête, le rire enlaidit le visage. Quand on reste sérieux, on est plus beau. Les félins ne rient pas, ils ont de l'allure. Daniel, j'ai des problèmes de santé. On ne sait pas encore ce que c'est. Je l'ai appris il y a deux jours. Je te mets au courant, on ne sait jamais, si je mourais… Je dois faire des analyses plus poussées. Je n'aurai les résultats qu'après ton départ.

— Si je pars.

— Tu sais bien que tu repartiras. J'ai encore faim, si on allait chez *Schwartz's* ? », dit-elle en se levant pour mettre fin à une conversation qui aurait risqué de nous mener là où il valait mieux ne pas s'aventurer.

Nous étions souvent allés chez *Schwartz's*, la célèbre charcuterie hébraïque de Montréal, fondée jadis par un juif lituanien qui avait apporté dans son bagage d'émigré mieux que des pépites d'or : les recettes de sa grand-mère. Nous étions de grands amateurs du « menu pour emporter ». En taxi, on arrivait par Sherbrooke, on tournait à gauche sur le boulevard Saint-Laurent, et puis c'était deux ou trois feux plus loin, sur la droite. Justine me signala qu'on s'approchait de l'endroit où le *Mihara* était remplacé par une boutique de jeux vidéos : « Attention, prépare-toi, nous allons passer devant le fantôme du *Mihara*, on va demander au chauffeur de ralentir pour que tu puisses avoir une petite crise de nostalgie. »

Chez *Schwartz's*, Justine était copine avec un *busboy*, un « débarrasseur ». Dans tous les restaurants, elle était aimable avec le personnel. Elle avait souvent trouvé des petits boulots de serveuse. Dès mon premier séjour à Montréal, j'avais été frappé par la diction des serveuses et des serveurs, leur manière de se tenir, leur jeunesse. C'était pour la plupart des étudiants d'écoles de théâtre et j'avais l'impression de laisser des pourboires à Ophélie ou à Britannicus.

Justine avait-elle pu se confier à quelqu'un ? Elle avait dit : « Si je mourais… » J'avais immédiatement pensé à un cancer. Il faut parler, dans ces cas-là, mais quand j'essayais de la faire parler de sa santé, elle répondait qu'elle attendait le jour où elle aurait les résultats des analyses. Pour le moment, elle voulait vivre ce qu'elle appela « notre passion aussi sexuelle que sentimentale, si ces adjectifs te conviennent ».

Je faisais l'éloge de ses sms : « Tu ferais une merveilleuse dialoguiste. » Elle était flattée sans se douter que c'est un compliment que j'ai fait à d'autres femmes. Elle m'a écrit : « J'aime penser à toi puisque je t'aime et que j'aime penser. » Et : « Tout le monde me conseille de renoncer à toi, y compris moi ».

Avant mon départ, Justine voulut me faire un cadeau. Je lui demandai une bouilloire électrique.

— Tu ne préfères pas un beau stylo ? J'avais pensé à un stylo.

— La bouilloire électrique est l'objet dont je me sers le plus souvent. Chaque fois que je ferai bouillir de l'eau, je penserai à toi.

— Tu crois ça ! À la longue, tu auras vite fait d'oublier que c'est un cadeau de moi.

J'avais vu une bouilloire en inox, « design Porsche », dans ce magasin où, quelques mois plus tôt, nous avions traîné au rayon vaisselle quand nous pensions louer ensemble un appartement. Nous en avions visité plusieurs. Celui qui donnait sur le parc Lafontaine nous avait emballés. Il fallait se décider vite. Louer un appartement, signer un bail, c'était oppressant. Je ne m'en sentis pas capable. J'avais déjà mon grand appartement à Paris dans le deuxième arrondissement. C'était là que se passait ma vie. Comment le dire à Justine ? Aurait-elle été prête comme elle le fut à chambouler sa vie pour moi si je lui avais clairement dit : « Je ne compte pas quitter Astrid » ?

Aurais-je vraiment pu vivre avec Justine, et elle avec moi ? Se voir rarement nous convenait. C'est d'ailleurs ce qu'on a fait. Ce n'est pas mal comme formule, si on en prend son parti : ça occupe l'imagination, on s'ennuie moins dans la vie.

Justine ne m'a finalement rien offert, ni stylo ni bouilloire, trop occupée par les répétitions du spectacle des pièces en un acte de Tchekhov où elle interprétait deux rôles, la veuve dans *L'Ours* et Natalia dans *Une demande en mariage.* J'ai acheté plus tard à Paris une nouvelle bouilloire, la Porsche étant devenue introuvable, ai-je appris chez Darty. J'ai hésité entre une Bodum en inox brossé et la version électrique de la vieille bouilloire Alessi avec l'oiseau. Une Bosch, une Kenwood étaient bien aussi. Cette recherche s'étend sur plusieurs mois. Mon ancienne bouilloire Philips continuait de fonctionner, malgré le calcaire que je faisais plus ou moins disparaître avec du vinaigre blanc. Je tiens à devenir spécialiste de tout ce qui m'intéresse. J'ai fini par acheter une bouilloire de Bugatti en acier massif argenté avec un écran de contrôle électronique intégré à la poignée. On peut régler la température de l'eau, ce qui est indispensable pour les thés verts qui ont besoin d'une eau à 60 ou 70 degrés. On appelle ces bouilloires des « bouilloires intelligentes ». Comment faisaient les poètes chinois et les moines zen avant l'arrivée des bouilloires intelligentes ? C'est comme pour les téléphones : comment faisions-nous avant les téléphones portables, cette providence des scénaristes ?

J'utilise ma Bugatti argentée en pensant : « Cette bouilloire est le cadeau que ne m'a pas fait Justine. »

Quels conseils me donnerait-on si je téléphonais à une compagnie d'assurances : « Je voudrais assurer des objets qui n'ont aucune valeur, une bouilloire électrique, notamment, et les minicassettes qu'enregistrait Justine, la femme qui entrait dans les restaurants comme une actrice entre en scène. » L'entrée en scène, il n'y a rien de plus important. En dix secondes, on sait si l'interprète a du talent ou pas.

Justine portait sa robe rouge décolletée ou sa robe bustier verte, les cheveux relevés en chignon, mettant sa nuque en valeur. Dans les portes à tambour des restaurants, je lui disais : « Montre-leur qui arrive ». Elle produisait son petit effet quand le maître d'hôtel nous conduisait à la table que j'avais réservée au nom de Mlle Comtoise (« une table tranquille, dans un coin, et j'espère qu'il n'y aura pas de musique ? »).

À mes yeux de chevalier servant, Justine enlevant sa doudoune pour la confier au vestiaire faisait penser à Rita Hayworth dans *Gilda*, laissant tomber sa cape lorsqu'elle apparaît sur la piste de danse. Rita Hayworth est filmée en noir et blanc, tandis que Justine vivait en Technicolor, le vrai Technicolor, celui qui exigeait une caméra à trois négatifs, le Technicolor qui finit par coûter trop cher et s'inclina devant l'Eastmancolor.

Justine dans les rues de Montréal apparaissait plutôt en Eastmancolor à cause de la lumière du jour, une lumière maritime coupante comme celle des glaciers. Elle réservait ses effets Technicolor aux bars et aux boîtes de nuit. Les stars ont besoin de la lumière artificielle. Je lui disais : « Tu es épatante, ce soir.

— Ah bon, tu trouves ? C'est vrai que tu ne sortirais pas avec une moche, ce serait dévalorisant pour toi. »

Nous avons eu une conversation presque analogue après la première de *Bérénice* mise en scène par un jeune Flamand janséniste dans un théâtre de béton, de verre et d'acier au centre-sud de Montréal. Elle jouait Bérénice, reine de Palestine. Je la soupçonnais d'être attirée par l'acteur qui jouait Titus, dont elle me disait trop de bien. Elle débarqua au Reine Elizabeth avec un tas de journaux pour me faire lire les critiques du spectacle en me montrant les phrases où on disait du bien d'elle.

— Tu étais belle avant-hier dans ta loge.

— Une actrice est toujours belle quand elle sort de scène.

— Tu étais belle avant, au maquillage.

— J'étais belle aussi pendant, paraît-il.

Elle se regardait dans un miroir fixé au mur :

— Tu ne trouves pas que je suis très élégante ? Le jean est un peu court, peut-être, mais pas mal avec les boots. Regarde, la veste, le pull… Tout est joli.

Le soir de la dernière, avant d'entrer en scène, elle se sentait fatiguée. Je connaissais bien ces problèmes de fatigue :

— La fatigue donne du talent.

— En tout cas, elle ne m'en retire pas ! Tu peux me trouver une coupe de champagne ?

Ces phrases que j'ai retenues... Nous eûmes de longues conversations dont j'ai tout oublié. Certains moments courts surnagent. Les moments sont-ils plus importants que la durée ? Un jour peut-il être plus important qu'un an ?

8

Justine menait sa vie, m'en parlait peu, ne posait pas de questions sur la mienne. Elle fit l'une ou l'autre allusion à Astrid : « Très franchement, ça me gêne d'être en compétition avec quelqu'un de beaucoup plus âgé.

— De quelle compétition tu parles ? Astrid ne sait même pas que tu existes. Et ça n'a pas l'air de te gêner beaucoup d'avoir affaire à un homme beaucoup plus âgé que toi… » Une de nos rares disputes. Elle aurait voulu voir des photos de ma famille, mais je n'ai jamais de photos sur moi. De toute façon, je ne les lui aurais pas montrées. Elle m'envoya des photos d'elle. J'ai caché à Paris un grand tirage couleur d'une photo prise en studio, où elle apparaît dans la robe la plus moulante qu'on puisse imaginer, une photo qui parut en pleine page dans un magazine de mode. D'après elle, c'est à moi qu'elle avait pensé en prenant la pose et je l'ai crue.

Quand j'arrivais à Montréal, comment faisait-elle pour se libérer ? Je ne sais plus quel mois de décembre, elle vivait provisoirement seule, puisqu'elle me proposa d'habiter chez elle. J'aurai passé trois nuits dans cet appartement près de Radio-Canada. Au mur de la cuisine, elle avait punaisé des cartes postales, les miennes, qu'elle avait dû ressortir pour l'occasion. Elle laissa un mot sur la table de nuit : « Je t'aime avec mon avenir, quel qu'il soit. »

Je lui aurai donc préparé trois fois son petit déjeuner, un sachet de thé Earl Grey et une biscotte avec pas trop de beurre, repas monacal qui contrastait avec tout ce qu'elle dévorait quand nous étions à l'hôtel. Nous n'avons pas fait l'amour si souvent que ça, et jamais dans un hamac ou un ascenseur, ni sur une table de massage ou le capot d'une voiture, comme dans les films pornos qu'elle aimait regarder, films où la mode semblait être de ne plus enlever les petites culottes mais de les pousser sur le côté, au milieu d'une fesse, avant la pénétration. Enlever une culotte, un slip ou un string, est un événement. Justine préférait que ce soit moi qui le fasse, y compris les collants. Les amateurs de sumo apprécient le moment très court où la peau du lutteur, pendant l'effort, rougit légèrement et j'y pensais au moment très court, lui aussi, où le tissu d'une culotte ou d'un string se sépare de la tiédeur du sexe.

Je pourrais publier tous les sms de Justine. Je préfère les garder pour moi. C'est comme avec les boîtes de conserve. J'achète beaucoup de conserves de toutes sortes, souvent parce que les boîtes sont belles et quand j'ai faim, je n'ose pas les ouvrir. Elles me manqueraient. Un comportement que j'observe sans le déplorer ni l'approuver. Si je mangeais mes conserves, je n'en aurais plus. Elles sont moins là pour me nourrir que pour me plaire, sans compter qu'il vaut toujours mieux manger des produits frais. Je regarde les dates de péremption. C'est fou comme on peut conserver longtemps des conserves, d'où leur nom.

Justine disait que ma voix la rendait « tout oreilles » et regrettait de ne pas pouvoir transformer en boucles d'oreilles tout ce que je lui disais à voix basse au téléphone : « La preuve que tes phrases me plaisent, c'est qu'elles me nourrissent. » Des phrases qui nourrissent ? Je m'étais moqué d'elle et elle en avait conclu que je ne l'aimais pas : « Laisse-moi avec les preuves que je veux. » Elle avait une théorie sur les preuves, théorie qu'elle qualifiait de marxiste puisqu'une phrase de Karl Marx en était l'origine.

Sa théorie « marxiste » la conduisait à dire : « La preuve que je t'aime, c'est qu'on fait l'amour. » Ou : « Nous nous entendons bien, c'est la preuve que nous sommes faits pour vivre ensemble. » Il y avait toujours le mot « preuve ». Voici la phrase de Karl Marx : « La preuve du pudding, c'est qu'on le mange », une phrase qui m'enchante, on dirait un proverbe québécois.

La preuve qu'il y avait des problèmes, c'est que nous n'avons jamais vécu ensemble, même si nous aimions en parler, obéissant inconsciemment à des lois que la rhétorique impose à tous. Nous ne reprenions pas à notre compte l'éloge des affinités psychologiques plus fortes et durables que le sexe, ni la certitude qu'il faut bâtir quelque chose de solide en se méfiant d'une harmonie factice, même si ce sont des arguments à considérer. Au romancier que j'étais, un romancier qui se demandait s'il aimait écrire, Justine dit une phrase qui me fit froid dans le dos : « Je voudrais te rendre heureux au point que tu n'aurais plus besoin d'écrire, mais tu écrirais quand même. »

Les K7 de Justine se divisent en deux : celles où elle lit des textes, celles où elle parle de sa vie. Pour les textes, elle m'avait demandé quel était mon poème préféré : « Je l'apprendrai par cœur. » J'avais hésité. Un quatrain d'Apollinaire, c'était un peu court. Vigny, *La Mort du loup* à apprendre par cœur, le poème est long. Dit par Gérard Philipe sur un de mes 33 Tours, c'est six ou sept minutes.

Un soir d'hiver, elle me récita le poème d'Alfred de Vigny. Nous venions de sortir du TNM, « le théâtre de tous les classiques, ceux d'hier et de demain », réchauffés par une soupe du jour au café du théâtre après avoir vu des amis de Justine sur scène et les avoir félicités, et nous marchions dans la rue Saint-Urbain vers Sherbrooke ou peut-être plus loin, jusqu'à Duluth. Des taxis ralentissaient en nous apercevant, de vieilles voitures américaines qui freinaient dans un bruit de ferraille et n'avaient plus ni peinture ni suspensions. Nous ne savions pas où nous allions. Elle récitait *La Mort du loup.* Elle avait de minuscules perles de glace sur les cils, elle était émouvante, glissant parfois sur la neige et se rattrapant à moi. Elle voulut aller jusqu'à la fin du poème malgré le froid.

Elle se procura un enregistreur et un micro qui devinrent comme un substitut de ma personne. J'étais rentré à Paris, elle me faisait exister à Montréal. Elle disait : « Demain, je t'emmènerai avec moi, je te télétransporterai, je te parlerai de la ville, tu entendras les sons, les bruits, je t'emmènerai dans le métro… » et « Daniel, on vient de traverser plusieurs stations de métro ensemble, on a couru ensemble, on a marché sous la pluie ensemble, c'était bien. J'ai une grande décision à prendre, une amie me propose de recueillir un lapin, elle développe une allergie aux lapins. Ce lapin vient d'une petite ville qui s'appelle Saint-Ours, pas loin de Contrecœur, une ville que tu ne connais pas. Il s'appelle Ours, une promotion pour un lapin ! Naître à Contrecœur, mets-toi à la place de quelqu'un qui va devoir dire toute sa vie : "Je suis né à Contrecœur" ! »

Assis à ma table de travail la nuit, je me suis mis à écouter attentivement au casque les premières cassettes qu'elle enregistra, j'allais en marche arrière pour réécouter plusieurs fois des phrases comme « mon cher et attachant personnage, je pose mes lèvres sur les tiennes ».

« … J'ai le cœur un peu en peine, mais te parler me soulage je crois. En fait, c'est comme si je parlais au téléphone et que tu ne m'écoutais pas mais que tu m'écouteras plus tard, peut-être, j'espère ! Tu m'entendras dans sept ou huit jours. Je me demande combien de temps cette cassette prendra avant d'arriver dans tes mains et je me demande si tu as reçu ma lettre aujourd'hui ou hier, ou si tu la recevras simplement demain, ou si tu ne la recevras jamais… Alors je suis maintenant allongée dans mon lit, un lit que tu ne connais pas ou pas encore, je me suis installée avec une tisane de camomille, j'ai mis un peu de musique et fait un grand effort pour résister à la tentation de mettre *La Passion selon saint Jean* d'Arvo Pärt que j'écoute en ce moment très souvent, et j'ai mis à la place une dénommée Miss McKennitt qui joue de la harpe. Je vais m'endormir, la harpe m'emmène dans des zones qui me détendent, alors cette détente me fait réfléchir à ce que je vais finalement faire de ces vacances d'été qui seront vite là et il vaut parfois mieux faire comme on aurait fait soi-même si on avait été tout seul plutôt que de vouloir structurer des projets en fonction des autres, ce qui est souvent bien embêtant puisqu'on se retrouve face à des réalités qui sont hors de notre contrôle. Donc je ne souhaite pas une pareille déception et je compte procéder comme prévu, c'est-à-dire sans tenir compte de toi ! Je viendrai probablement de fin juin à fin juillet en Europe en passant très peu de jours à Paris, trois ou quatre, avant d'aller rejoindre des amis qui ont loué un grand chalet en Suisse, dans la montagne qui me changera de notre Québec national, et puis il y a un endroit merveilleux près de Saint-Rémy-de-Provence qui m'a séduite il y a quelques années, une maison très inspirante achetée par un couple de Québécois intelligents, aussi m'étais-je dit que ce serait bien si nous avions pu y passer tous les deux ensemble quelques jours mais je sais déjà que ce serait impossible parce qu'ils y seront, donc ce ne sera pas comme si on n'était que tous les deux, et je me demande si c'est souhaitable que nous nous retrouvions tous les deux comme ça dans un endroit très singulier et alors je me retrouve face à cet inconfort dont je t'ai parlé tout à l'heure. Et à la limite je me demande si c'est sain qu'on fasse durer ce qui nous arrive, et si on ne devrait pas s'en tenir aux souvenirs et peut-être aussi au hasard auquel nous croyons plus ou moins et qui pourrait nous réunir à nouveau. J'ai l'impression qu'en ce moment ce n'est peut-être pas la bonne période pour nous deux. Je devrais arrêter de réfléchir, seulement accepter ce que la vie me propose, pas au-delà de mes capacités, et je me rends malheureuse avec mes songes et mes pensées. La bobine va bientôt se terminer et ça m'angoisse, quoique j'ai presque souhaité ce moment, c'est comme quand nous raccrochons au téléphone, tout d'un coup mon cœur se serre, alors je vais profiter des moments qui nous restent pour… » (*Fin de l'enregistrement*).

9

Justine était une fille plutôt cultivée. Comment avait-elle acquis cette culture alors qu'elle avait passé une bonne partie de son temps avec des voyous, se définissant comme une Montréalaise qui a connu la guerre des gangs ?

Bien sûr, elle avait une mère libraire. Pour la culture, ça aide, mais sa mère, avant d'acheter une librairie, gagnait sa vie en important des fruits exotiques. Avait-elle trouvé le temps ou la force, en rentrant le soir, de lire Stendhal et d'en parler à sa fille ou d'écouter des disques avec elle ? Elle approvisionnait des restaurants, des cantines d'entreprises. Pendant un moment creux lors d'une séance de dédicaces dans sa librairie, « *La Lecture* », elle me raconta comment, quittée par le père de Justine, elle avait eu des problèmes avec les transporteurs et les grossistes. Les fruits sont fragiles et périssables, il faut les manipuler avec soin, certains transporteurs ne s'en souciaient pas. Il y avait beaucoup de perte. Les citrons d'Argentine, transportés par bateau, arrivaient pourris à Montréal. Elle importait des pommes des États-Unis et de Nouvelle-Zélande, des Pacific Rose, des Rome Beauty : ses clients voulaient des pommes « de fantaisie » qui les changeaient des pommes québécoises dont je faisais la découverte, les McIntosh, les Spartan croquantes, juteuses, sucrées. Elle m'apprit que les fruits et légumes émettent des gaz qui peuvent perturber les systèmes de sécurité des avions-cargos et contraindre les pilotes à atterrir d'urgence. Depuis que j'avais une affaire avec sa fille, je n'osais plus passer lui dire bonjour dans sa librairie où elle continuait d'exposer et de vendre mes livres.

Justine aimait les opéras de Wagner. Son morceau préféré était la Marche funèbre après la mort de Siegfried dans *Le Crépuscule des dieux*, elle était capable de l'écouter pendant des heures en reposant chaque fois délicatement l'aiguille sur le sillon au début du morceau. Elle avait gardé sa platine. Elle détestait le son des CD qui banalisent les vieux enregistrements.

Elle réunit pour moi des extraits de Richard Wagner sur une minicassette, avec trois fois de suite la Marche funèbre.

— Trois fois, ça veut vraiment dire que tu y tiens.

— Je n'allais pas copier trois fois la Marche turque ! Dans un des restaurants où j'ai travaillé, le chef n'arrêtait pas de chantonner la Marche turque en cuisine. Au bout d'une semaine je n'en pouvais plus.

Parfois les musiques sont plus fortes que nous. C'est dangereux, la musique. Elle avait dénigré Mozart pour ne pas donner les raisons qui lui faisaient aimer la Marche funèbre de Wagner, comme si je ne les devinais pas. Richard Wagner s'écoute avec le ventre. Il va chercher ses leitmotive dans des profondeurs sous-marines et nous attache à sa musique comme ce poisson qui s'accroche avec ses dents, jusqu'à la fin de sa vie, à une seule femelle dont le sang le nourrira en échange de spermatozoïdes.

Bien avant de me connaître, sur fond de Marche funèbre, Justine avait mis dans sa bouche le contenu de deux tubes de Valium 10 mg, des pilules qui fondaient sur sa langue, pendant qu'elle se regardait dans le miroir de la salle de bains, la bouche entrouverte : avaler ou recracher ? Elle risquait quoi ? D'avoir des complications pulmonaires, de tomber dans le coma. Elle n'avait pas envie de mourir, mais se sentir près de la mort lui paraissait une expérience à faire.

— Près de la mort ?

— Oui, plus près que dans un avion. Tu sais qu'il y a beaucoup plus de tentatives de suicide chez les femmes que chez les hommes ? J'ai une cousine qui s'est pendue à l'âge de quinze ans. Toute la famille se demande encore pourquoi.

Elle avait fini par recracher les comprimés dans les toilettes, s'était rincé plusieurs fois la bouche et lavé les dents avant d'ouvrir et de boire toute une bouteille de vin rosé qui lui avait donné un mal de tête carabiné.

Je n'écoutais pas toujours ses cassettes dès qu'elles arrivaient. Elle en envoyait beaucoup. Quand elle lisait pendant quarante minutes des lettres de Louise Colet à Gustave Flaubert, j'arrêtais avant la fin, sauf la première fois, quand j'ai cru que c'étaient ses propres phrases. Les plaintes de Louise Colet ressemblaient beaucoup aux reproches que pouvait me faire Justine qui n'avait pas choisi ces passages pour rien. Elle avait de quoi m'en faire, des reproches, comme quand elle avait trouvé ce travail d'assistante à la mise en scène pour une pièce de Goldoni. Nous nous retrouvions le soir au *Shed Café.* Elle arrivait de mauvaise humeur. Elle n'en pouvait plus de ces répétitions avec des actrices qui interprétaient des rôles qu'elle aurait mieux interprétés qu'elles : « Tu aurais pu m'écrire une pièce de théâtre, ça ne t'est jamais venu à l'idée, un monologue, quelque chose, tu n'as qu'à mettre tous nos sms les uns après les autres, et moi je ferai le tour du monde avec ce spectacle. Mais non, tu n'y as même pas pensé. »

On quittait le *Shed Café* après le « last call » et on déambulait dans Montréal, une ville un peu floue, où je trouvais une illustration de la démocratie dans le côté déglingué des rues, les successions de terrains vagues et d'immeubles neufs, les vieilles façades avec leurs escaliers et les gratte-ciel qui signalent qu'on est dans une ville plus riche qu'il n'y paraît, une ville que je n'ai connue qu'en automne et en hiver. Je n'ai aucune envie de connaître Montréal en été. Il paraît qu'il y a beaucoup de moustiques, les maringouins, que Justine voulait fuir en venant en Europe :

— Ils sont très agressifs, ils prolifèrent d'année en année dès qu'il fait chaud et humide, ils réussissent à piquer les chevilles d'un cycliste pendant qu'il pédale ! Je déteste les insectes. Dire qu'on a un Insectarium à Montréal…

Bien que ce ne soit pas un insecte, j'avais raconté à Justine l'histoire d'un scorpion qu'on met au milieu d'un cercle de braises incandescentes. Le scorpion ne bouge pas jusqu'à ce que la chaleur l'atteigne. Alors il s'agite et marche droit vers les braises, il tente de se frayer un chemin malgré la chaleur. La douleur le fait reculer. Il fait le tour du cercle sans trouver d'issue, la queue levée, les pinces ouvertes. Les yeux du scorpion ne sont pas sur sa tête mais sur son thorax. Il revient se placer au centre, plus immobile qu'au début. Réfléchit-il ? Il retourne contre lui-même son dard empoisonné et tombe mort aussitôt.

Ce récit impressionna Justine. Elle m'en parla souvent.

J'avais peur de l'inquiéter en prononçant le mot « cancer ». Il s'agissait peut-être d'une maladie moins alarmante. Justine n'a jamais parlé de cancer. Voulait-elle que je sois le premier à l'évoquer ? C'est Guillermo qui finit par me tenir au courant : « Un cancer du sein soigné à temps et vaincu. Les médecins ne voient plus rien au scan. Elle a juste encore des visites pour surveiller, au cas où… » Il y avait eu de la chimio, elle avait perdu ses cheveux, elle lui avait fait jurer de ne jamais me le dire. Guillermo avait parlé de *peluca.* Il avait ajouté qu'il avait peint un portrait d'elle avec ses cheveux : « Une petite toile, je vais te l'envoyer. »

Sa dernière exposition était une série de variations sur des graffitis anciens qui l'avaient enthousiasmé au musée de Naples, le plus simple représentant un phallus stylisé avec l'inscription *Hic habitat Felicitas*, « ici habite la félicité, ici se trouve le bonheur » :

— Une religion de la queue, résumait-il.

Justine avait décidé de toujours me dire qu'elle allait bien. Ce fut d'autant plus facile qu'on se voyait peu. Au téléphone, quand je lui disais : « Je te rappelle tout à l'heure », elle s'énervait : « Ne me dis plus jamais que tu rappelleras tout à l'heure, dis-moi que tu rappelleras quand tu pourras. Quand je t'appelle, on dirait que tu as du mal à décrocher. Je parie que tu vois mon numéro qui s'affiche et que tu te dis : encore elle… »

J'avoue que c'était parfois le cas. Elle insistait beaucoup sur son attente de mes appels téléphoniques. Je n'y ai pas fait assez attention.

« (*Ambiance son extérieur rue* :) Il pleut, je suis d'une humeur massacrante, j'ai à peine eu le temps de me réveiller, je suis à la course comme on dit chez nous, ça ne me réjouit pas du tout et je serai probablement en retard (*elle était devenue vendeuse principale dans un magasin d'ameublement et d'art de la table, dans la partie anglophone de Montréal On entend : « Prochaine station Sherbrooke. » Bruits de pas qui montent un escalier. Elle sort du métro.*) Bon, nous voilà arrivés. Je me dirige vers la boutique. Je frotte mes bottes dans l'entrée pour me donner un petit air décontracté. (*Bip.*) Il est dix heures moins dix du matin, on a fait un petit sprint tous les deux, on a eu de la chance parce qu'on aurait très bien pu rater le bus, et ici, il n'y a que toi et moi. Je vais nous mettre un peu de musique, j'aurais préféré t'emmener par une journée de soleil et pas par cette journée triste d'avril, peut-être que si tu étais là ce serait moins triste. Je vais attendre les premiers clients, on les recevra ensemble, ils ne te verront pas, ils ne sauront pas que tu es là mais nous on le saura, ce sera un petit secret du 19 avril (*arrêt de l'enregistrement*).

Toujours le 19 avril, il est 22 heures c'est-à-dire 4 heures du matin chez toi, et je crois que je me suis mise à trop réfléchir, chose qu'il ne faut pas faire. Évidemment tu fais partie intégrante de ces réflexions, et quand tu m'as téléphoné dimanche après-midi je n'avais pas mon ton habituel et depuis je n'ai pas de nouvelles de toi, ce qui n'est pas réellement inquiétant, mais c'est quand même anormal. Peut-être est-ce ma froideur de dimanche après-midi qui t'empêche d'appeler, et peut-être est-ce une bonne chose, d'ailleurs. Pourquoi cela serait-il une bonne chose, te diras-tu ? Parce que le contraire serait probablement une mauvaise chose, c'est déconcertant comme logique, et… la profonde tristesse dans laquelle cette situation me plonge finira par m'user. Derrière moi, je ne sais pas si tu entends, c'est le boucan de mon lapin. Il a grignoté les fils du téléphone, ça crée un mauvais contact et ça coupe. (*Sur la bande magnétique, une sonnerie de téléphone.*) Tu entends ? Mon téléphone sonne parce que je parle de lui. Je me dépêche d'aller répondre. Peut-être que c'est toi. Ah, j'espère, j'espère ! Je vais laisser sonner plusieurs coups pour faire monter le désir, tu vois ça fait déjà cinq coups. J'éteins l'enregistreur, à tout de suite. »

Ce n'était pas moi qui appelais. Elle y reviendra dans une cassette suivante, où elle se montre soupçonneuse : « Je suis sûre que c'est toi qui téléphonais. Pourquoi as-tu raccroché sans me parler ? »

10

Pendant que je connaissais Justine, j'ai couché avec deux autres Québécoises, toutes les deux vivant à Montréal – sans compter la séance avec Diane-Sophie. Justine avait toujours eu sa vie de son côté, se libérait quand j'arrivais, m'attendait à l'aéroport, me retrouvait à l'hôtel, même si, à part pendant la période où elle désira vivre avec moi, il y eut toujours un garçon chez elle qui s'appelait invariablement « mon ami » : « Mon ami a découvert tes lettres, il les a lues et il était très jaloux. » À croire que mes lettres lui servaient de test de Rorschach. Ensuite, ces jeunes gens cassaient l'aspirateur, la vaisselle, les vases, la douche, le micro-onde, selon leur ressenti émotionnel. Le premier en date avait sauté à pieds joints sur un magnétoscope rien qu'en apprenant mon existence, sans me laisser le temps d'écrire une lettre. Les jaloux attiraient Justine.

Deux autres femmes qu'elle à Montréal, je n'aurais pas dû. En France, en Europe, au Costa-Rica, oui, même à Toronto, mais jamais à Montréal. C'était une faute de goût. J'en étais encore à la devise de mes seize ans : « Ne rien refuser de ce que vous offrira la vie. » Il y a des phrases qui restent.

J'avais rencontré Caroline Dorée à Paris, une Québécoise chanteuse de jazz. On nous avait présentés en coulisses après son tour de chant au Café de la danse. Nous avons pris un verre rue de la Roquette. Elle bâillait, se dépêcha d'avaler sa tisane et me demanda de revenir l'écouter le lendemain soir, elle ajouterait une chanson pour moi à son concert. Après le spectacle, dans un restaurant de la rue de Lappe où elle m'avait invité à l'accompagner avec son équipe et deux ou trois de ses fans, elle voulut savoir si j'avais repéré la chanson ajoutée. Je n'avais rien repéré du tout. « Comment, mais j'ai chanté pour toi *Foolish Man Blues* ! » Nos pieds s'étaient frôlés, les tables étaient minuscules, je m'étais assis en face d'elle qui répondait à ses voisins en me regardant fixement et je soutenais son regard. Pendant que les autres l'attendaient sur le trottoir, après l'addition, elle me déclara sans préambule : « Impossible de passer la nuit avec toi, mon homme m'attend à l'hôtel. C'est mon drummer, tu as dû le remarquer, le Brésilien, il est excellent, non ? Je repars demain, viens me voir à Montréal. Je serai assez libre. Tu as un bout de papier ? » Elle écrivit un numéro de téléphone sur mon chéquier. Elle m'embrassa rapidement sur la bouche et partit retrouver son Chico Hamilton, son Max Roach, son Gene Krupa, qu'est-ce que je connaissais d'autre comme noms de batteurs de jazz ?

Quand on rencontre des femmes qui parlent plus vite de sexe que d'amour, ce qui n'est pas pour me déplaire, elles ont presque toujours un homme dans leur vie, quelqu'un qui leur est utile, souvent le père de leurs enfants. On se lance alors ou s'embourbe dans de petites histoires en cachette. Ne rien refuser de ce que vous offrira la vie. À quoi ça sert ? À échapper à soi-même.

Je pris l'avion sur un coup de tête et me retrouvai à Montréal au début d'un printemps qui rendait les gens fous. Sous prétexte qu'il ne neigeait plus, ils s'installaient à moitié nus aux terrasses de café comme s'ils étaient à Miami Beach au mois d'août. Caroline fut charmante. Elle m'emmena écouter des concerts de jazz dans des boîtes où elle connaissait tout le monde et me présentait comme son nouveau parolier. Personne n'a su que j'étais à Montréal. À ma famille, j'avais dit que je partais retrouver Torkkel qui m'invitait à une partie de pêche dans le nord. Ce fut une des rares fois de ma vie où je passai quelques nuits avec une femme en sachant que je ne la reverrais plus. D'habitude, j'aime croire que je suis amoureux. J'avais constamment peur de tomber sur Justine. J'avais pris un petit hôtel à l'écart et je m'arrangeais pour ne jamais sortir de l'hôtel ni des restaurants ou des boîtes bras dessus bras dessous avec Caro, et pourtant j'aimais être dans ses bras. Plus tard, je n'ai même pas acheté le nouveau disque de Caroline Dorée quand je l'ai vu à la Fnac Montparnasse.

Je ne vais pas m'étendre davantage sur cette histoire. La deuxième commence dans la librairie Gallimard de Montréal, boulevard Saint-Laurent. Une cliente aux yeux bleu très clair, mâchoire bien dessinée, cheveux blonds, un manteau Max Mara, je suis très sensible aux manteaux Max Mara : même en vitrine sur des mannequins en plâtre, on souhaite les caresser. Elle voulait acheter *Saturne et la Mélancolie*, un livre sur le bonheur d'être triste, après l'avoir longuement feuilleté, très déçue lorsqu'on lui annonça le prix à la caisse : « C'est beaucoup trop cher pour moi. – Laissez-moi vous l'offrir. Vous venez de me donner une idée, je vous dois ce livre. » Elle ne m'avait pas donné d'idée, sauf l'envie de l'embrasser. Elle accepta le *Saturne* à condition que j'aille prendre un verre avec elle. Un des trois auteurs du livre, Raymond Klibansky, était alors un vieux professeur qui vivait à Montréal. Je crus le lui apprendre mais elle le savait. Elle avait rencontré « Monsieur Klibansky », c'était une des raisons qui lui avaient donné envie de lire le livre. Je n'ai jamais rencontré Klibansky, ni Northrop Frye qui vivait à Toronto. J'aurais dû aller à Toronto, je me serais débrouillé pour avoir un rendez-vous avec Northrop Frye, dont l'œuvre est aussi extraordinaire que le prénom. Klibansky et Frye étaient très âgés. Ils sont morts avant que je puisse les rencontrer. Vais-je passer le reste de ma vie à apprendre la mort des gens que j'aurais aimé connaître ?

Justine ne sut jamais que Caroline avait existé mais elle mit rapidement bon ordre à l'histoire avec Margot. Elle était dans un bus et nous avait vus dans la rue. « Si le bus avait pu s'arrêter, je vous aurais sauté dessus ! Je croyais que tu m'aimais, je ne l'ai pas inventé, c'est toi qui me l'as dit. Si maintenant tu veux te mettre à baiser tout Montréal, préviens-moi. C'est quoi, cette fille ? Une attachée de presse ? Une étudiante ? Une pute ? Tu as couché avec elle ? Tu vas encore le faire ? Tu ne l'as pas encore fait ? C'est pour ce soir peut-être ?

— Je n'ai jamais couché avec elle, c'est la sœur du type qui m'avait sous-loué l'appartement de la rue Milton.

— Il n'était pas égyptien, le type de ton appartement ? Elle n'avait pas l'air égyptienne du tout, ta blonde. Une Québécoise pure laine, avec son manteau de petite bourgeoise. Elle habite Outremont, je parie. »

Qu'est-ce qui m'avait pris de draguer Margot dans la librairie ? Quand nous avions remonté le boulevard vers St Cuthbert, elle m'avait pris par le bras, sans arrière-pensée : un geste naturel. Au café, je lui avais caressé une main pour voir si elle la retirerait ou caresserait la mienne. Nous sommes allés voir un film. On n'imagine pas l'importance du cinéma dans les histoires d'amour, même si nous n'en étions pas là. Les femmes veulent aller au cinéma. Après la séance, nous nous donnâmes rendez-vous le lendemain après-midi. Nous nous vîmes trois après-midi de suite et nous avons fini par aller chez elle. Au lit, elle me dit : « Fourre-moi », ce qui me choqua. Pendant cette aventure, Justine prenait ses cours de yoga, enregistrait des voix off pour des documentaires, passait une audition, dînait avec sa mère.

Margot me parlait de la vie politique au Québec, de la « révolution tranquille », de la tardive séparation de l'Église catholique et de l'État, des terroristes financés par des braquages de banques et d'obscures entreprises au Texas, des kidnappings, des meurtres, des Montréalais qui voulaient aller faire sauter la statue de la Liberté à New York, d'autres qui avaient isolé un village en coupant les lignes téléphoniques et en maîtrisant un poste de police pour prendre la fuite en n'emportant finalement que six ou sept mille dollars canadiens, poursuivis par un ancien militaire qui tirait sur leur voiture. « Un sujet pour les frères Coen », avait-elle conclu. Nous étions dans un café de la chaîne *Second Cup.* Des membres d'une brigade d'autodéfense de la langue française avaient voulu incendier trois cafés *Second Cup* parce que la chaîne portait un nom anglais. Ils avaient aussi lancé des cocktails

Molotov contre des McDonald's. J'en apprenais des choses sur la vie au Québec !

Ça s'arrêta là. Je ne l'ai plus revue. Au libraire qui avait encaissé mes dollars et me demanda si ça avait marché avec la fille de *Saturne et la Mélancolie*, je répondis : « Mélancoliquement ! »

Margot m'avait écouté avec attention quand je lui dis que j'avais suivi dans les rues de Montréal la manifestation organisée après le massacre de l'École polytechnique dont elle avait entendu parler, elle était trop jeune à l'époque : « Ça sert à quoi de manifester pour un fait divers, comme si on pouvait y changer quelque chose. Il faut avoir l'espoir de changer quelque chose pour manifester, avoir des revendications politiques. »

Treize ans plus tôt, le 6 décembre 1989 en fin d'après-midi, un homme de vingt-cinq ans avait tué quatorze étudiantes de l'École polytechnique avec un fusil qu'il avait acheté légalement « pour tirer du petit gibier », avait-il déclaré au vendeur qu'on interrogea pendant l'enquête. Il avait crié devant les étudiantes : « Je hais les féministes ! » Après avoir séparé les filles des garçons, le tireur a semé la mort sur trois étages et dans la cafeteria du rez-de-chaussée pour finir. Il ne tuait que des filles, une balle dans l'œil, une balle dans la poitrine, une balle dans le ventre. Il avait achevé une jeune femme avec un couteau de chasse. Ensuite il s'était suicidé. Trois jours de deuil national furent décrétés au Québec.

Margot n'avait pas sur cette histoire le même point de vue que moi : « Tu en parles en scénariste. Je me dis que j'aurais pu être là, prise au piège comme les autres filles dans la cafeteria. »

Les victimes avaient toutes entre vingt et trente ans. Le chef de la police ne fut pas en état de faire une déclaration à la presse. Parmi les quatorze cadavres, il avait reconnu sa fille. Plusieurs proches des victimes se suicidèrent dans les années qui suivirent.

Voici les noms de ces jeunes filles, gravés sur une plaque scellée dans le mur de l'École polytechnique où elles furent assassinées : Geneviève Bergeron, Hélène Colgan, Nathalie Croteau, Barbara Daigneault, Anne-Marie Edward, Maud Haviernick, Maryse Laganière, Maryse Leclair, Anne-Marie Lemay, Sonia Pelletier, Michèle Richard, Annie St-Arneault, Annie Turcotte, Barbara Klucznik-Widajewicz.

11

Quand parut mon sixième roman, je le dédicaçai à Justine et elle m'écrivit : « En te lisant, je ruminais le titre d'une pièce de Vsevolod Vichnevski, tout à fait oubliée mais qui connut un immense succès au théâtre Meyerhold de Moscou à l'époque de l'art dit révolutionnaire. (*Elle connaissait bien le théâtre d'avant-garde russe.*) La pièce s'appelle *Une tragédie optimiste*, formule contradictoire, et je me disais que tu venais d'écrire *Une tragédie ironique*, cocasse, équivoque, et très tonique en même temps. Je suis bien sûr jalouse des femmes dont tu parles, dois-je le préciser ? Dépêche-toi de venir à Montréal. »

Je fus intrigué par une phrase dans la marge, au crayon (pour que je puisse l'effacer ?) : « J'aime me prêter à tes fantasmes. » Que pouvaient bien être les fantasmes qu'elle me prêtait pour s'y prêter, à moins de retourner la phrase et de lire : « Prêtetoi à mes fantasmes » ? Aurait-elle voulu que je lui attache les chevilles et les poignets ? Était-ce à moi de deviner ?

Au beau milieu de notre toute première nuit, elle avait commencé à me faire une fellation et j'avais reculé, je m'étais dit : « Je ne la connais pas, il ne faudrait pas qu'elle me morde. » Et elle : « Peut-être les Français n'aiment pas qu'on les suce ? » Comme si la fellation était une spécialité québécoise ! Les femmes aiment-elles sucer, ou le font-elles parce qu'elles pensent que ça plaît aux hommes ? J'ai recueilli là-dessus des réponses très contradictoires.

Justine avait l'art de plonger une chambre dans la pénombre idéale, comme ces éclairagistes que se disputent les plus grands théâtres. Elle arrivait toujours à l'hôtel avec des bougies de différentes couleurs. Un soir, elle apporta un masque que nous avions admiré dans une vitrine sur Sherbrooke Ouest, une copie très bien faite d'un masque énigmatique du théâtre nô, un masque de jeune fille, en bois léger, d'une couleur ivoire pâle, les sourcils peints tout en haut du front, la pâleur encore accentuée par les cheveux noirs de Justine qui improvisa une petite danse masquée, debout devant la porte de la salle de bains, dans un peignoir trop large, made in China : « Cher public, pardonnez-moi d'enfiler un vulgaire peignoir chinois avec ce masque japonais si intense. » Elle voulut porter son masque pendant qu'on ferait l'amour :

— Tu n'auras plus à guetter mes expressions, à t'occuper de savoir si tu me fais plaisir, à essayer de le deviner sur mon visage.

Je ne m'attendais pas à être troublé à ce point. J'avais joui de façon plus longue, plus forte que d'habitude. J'étais avec une inconnue contre moi, je découvrais de l'activité sexuelle inédite.

Le masque enlevé, je lui ai parlé de cette expression désuète, « épouser un visage », pour dire qu'on épouse une femme à cause de la beauté de son visage. Elle adopta l'expression, en changea le sens, se mit à me dire : « Épouse mon visage ! » à la place de « Embrasse-moi ! ».

Tout nous paraissait léger, les rires, les promenades, le choix d'un restaurant qui pouvait durer des heures : on entrait, on s'asseyait, on n'aimait pas l'ambiance ou les chaises, on sortait, on en cherchait un autre, on en trouvait un jusqu'à ce que nous nous entendions dire que le cuisinier venait de partir. Alors on se contentait du premier bistrot venu. J'adorais passer mes journées avec Justine. On ne faisait rien d'autre qu'être ensemble. Parfois, prise d'une bouffée d'angoisse, elle me disait : « Tout ça est irréel. Fais quelque chose de réel. Téléphone à quelqu'un ! Appelle ta famille, ton éditeur, ta mère, ta sœur ! » Bien sûr que j'appelais ma famille, seulement je ne le lui disais pas et pour le réel, j'étais bien servi. La dernière fois, Astrid avait raccroché en disant : « Déjà, je ne comprends pas pourquoi je te parle. »

Après nos jeux avec les masques, j'étais rentré à Paris. Les premiers jours, Justine m'appelait sans arrêt.

Pour lui parler sans qu'Astrid s'en rende compte, isolé au fond de l'appartement avec mon portable, je me couvrais la tête sous ma robe de chambre pour assourdir ma voix. Je transpirais, la sueur me piquait les yeux et j'avais du mal à prendre un ton suffisamment séducteur pour que Justine accorde du crédit à des phrases comme « Tu comptes tellement dans ma vie, tu es si importante pour moi », ce dont ni elle ni moi n'étions persuadés. Pour brouiller mes conversations, je mettais de la musique fort, des voix de chanteurs qui camouflaient la mienne, les Clash, Mick Jagger, Dietrich Fischer-Dieskau.

Qu'allions-nous devenir, Justine et moi ? C'est ce qu'elle me demandait sur une cassette : « Mon amour, qu'allons-nous devenir ? » Elle n'hésitait pas devant l'adjectif possessif.

Guillermo m'aura souvent téléphoné pendant cette période en me disant : « *Querido* Daniel, Justine ne va pas fort… Tu devrais venir la voir. »

K7 de Justine du 11 juillet :

Mon téléphone a sonné. J'ai décroché, ça a fait le petit bruit qui nous avertit que c'est un téléphone outre-Atlantique et je disais « allô, allô » et je n'entendais rien.

Pourquoi as-tu raccroché si c'était toi, peut-être que tu ne m'entendais pas, peut-être que tu as laissé sonner quelques coups juste pour me faire signe, pour me dire que tu pensais à moi, peut-être que ta femme est arrivée dans ton bureau et que tu as dû raccrocher ? Il est cinq heures moins vingt du matin chez toi, quelqu'un s'est levé dans ton appartement pour aller prendre un verre d'eau ou une aspirine, ou faire pipi, et tu as dû raccrocher, enfin, pas mal de choses qu'on peut imaginer, elle te dit : « Tu appelles qui à cette heure-ci ? », à moins que ce maudit lapin ait encore mordillé un bout du fil sans que je m'en rende compte.

J'ai le regard fixé sur mon téléphone qui remplit de plus en plus mes pupilles et qui est plus intéressant que tout ce qui m'entoure ici. Il est devenu gigantesque dans mon esprit, dans ma tête, partout. Il se met à grossir.

Tu me manques. As-tu remarqué l'ambiguïté de cette expression ? Tu me manques veut dire aussi « tu me rates ». Tu me manques, tu rates ta cible. Tu devrais être là, près de moi, je t'embrasserais au lieu de raconter des idioties dans ce micro. Bon, il est exactement minuit vingt-six au Québec. Le téléphone n'a pas sonné, ce qui fait que je suis en deuil de téléphone.

Je vais bientôt dormir, une fois de plus sans toi, j'ai l'habitude. Une dent du haut me fait mal, c'est peut-être une sinusite. Je devrais arrêter ce bavardage.

Est-ce que je prendrai mes anti-inflammatoires avant de dormir ? Pourquoi n'y a-t-il pas d'anti-inflammatoires pour la tristesse, ah ah ah ! Tout ce que nous faisons, c'est nous faire souffrir ou nous énerver, qu'est-ce que nous savons faire de bien l'un pour l'autre ? Je suis retournée sans toi à la Cinémathèque, j'ai vu *La Habanera*, un film allemand de l'époque nazie, avec Zarah Leander. C'est une histoire d'amour, tu devrais chercher le DVD et tu penserais à moi. Tu verrais un film qui m'a beaucoup plu.

Je n'aurai peut-être jamais d'enfant. Ça me stresse, il faut que je dorme. *(Bip de coupure d'enregistrement.)*

Trois heures du matin. Je n'arrive pas à dormir. Ours non plus, il sent que je suis inquiète. Dis-moi qu'on s'aime encore. Même si on ne se voit pas. On ne se verra peut-être plus jamais et ça, je ne veux même pas y penser. Ça me stresse trop, est-ce que tu sais que la notion de stress a été inventée dans une université de Montréal ? Le Québec, pays du stress ! Je vais essayer de dormir.

12

Pendant les mois qui suivirent, Justine m'écrivit moins, je lui téléphonai moins aussi, ça s'effilochait. J'appelais régulièrement Guillermo qui avait dû recevoir des ordres plus précis que jamais : « Ne rien dire à Daniel. » Et il obéissait. Je n'obtenais que ceci : « Justine a voulu vaincre son crabe toute seule. » J'ai eu deux amis qui ont guéri du cancer et ne me l'ont dit qu'après leur guérison, si le mot guérison est juste, je ne sais pas. Je leur en ai presque voulu de ne m'avoir rien dit avant. Je leur aurais rappelé mon amitié dont ils n'avaient apparemment pas besoin à ce moment-là. À propos de Justine que je n'avais pas vue depuis longtemps, j'avais pensé que le temps aussi est un cancer.

Trois de mes amis sont morts récemment. Jean-Marc, un des grands amis de notre famille, se réfugia chez nous un soir, sonnant vers minuit, désorienté, abattu par une douleur morale qu'il ne comprenait pas. Iris et Olga sortirent de leur chambre pour voir ce qui se passait.

Il demanda un whisky et resta silencieux. Je l'avais connu, jeune directeur de production, sur le film adapté de mon premier roman, c'est dire si on se connaissait depuis longtemps. Nous avions partagé tant de moments ensemble. Quand les filles étaient encore petites et que nous avions loué une maison à Saint-Jean-de-Luz, il avait passé la moitié du mois d'août avec nous. Je l'avais retrouvé à Berlin avant la chute du Mur et nous avions exploré pendant deux nuits tous les bars possibles et imaginables.

Il adorait Iris et Olga et leur rapportait toujours des cadeaux quand il rentrait de voyage. Il leur avait expliqué un soir, comme s'il racontait un épisode inédit de *Star Wars*, qu'il était homosexuel. Il arrivait toujours sans prévenir après son travail et demandait à Astrid si elle pouvait le nourrir. Chaque fois qu'Astrid avait préparé un plat trop copieux, elle lui téléphonait pour l'inviter. J'ai beaucoup aimé cet homme. Il était allé à Hollywood pour un tournage et il avait rencontré Lana Turner qui lui avait raconté comment elle avait vu son amant poignardé par sa fille de quatorze ans – Jean-Marc décrivait la scène comme si c'était lui qui avait tenu le couteau de cuisine et tué Johnny Stompanato, l'amant de Lana Turner.

Il est resté quatre jours à la maison, étendu pendant des heures sur le canapé. Il ne venait même pas dîner avec nous dans la cuisine. Il n'en avait pas la force. Astrid lui apportait du risotto auquel il touchait à peine. Nous avons passé plusieurs nuits à discuter. Il était au bout du rouleau, me disait-il. Son travail le déprimait. Il travaillait à la télévision, service public, conseiller des programmes ou quelque chose comme ça, un poste où on est entouré d'intrigants. Il avait peur d'avoir le sida. Je le faisais boire. « Ma mauvaise estime de moi est insondable », avait-il dit au troisième verre de vin.

Ce soir-là, il avait des yeux très mobiles, inquiets, regardant dans tous les coins du salon. Je parvins à le convaincre d'aller voir un psychiatre le lendemain. C'était un dimanche matin. Je le conduisis aux urgences de l'hôpital Saint-Antoine où il se présenta comme un multi-suicidant à haut risque, c'est ce que me raconta plus tard le psychiatre. Jean-Marc, multi-suicidant ? Il avait fait un an ou deux d'études de médecine et connaissait le vocabulaire adéquat pour être accepté en urgence.

Je m'assis à côté de lui dans la salle d'attente. Ce fut très long. Il ne tenait pas en place. Toutes les cinq minutes, il se levait pour aller téléphoner. Après la consultation, il m'entraîna dans les couloirs en marchant très vite.

— Je me sens mieux, j'ai une ordonnance, des médicaments que je connais et qui m'ont déjà réussi. Je vais rentrer chez moi.

— Tu ne veux pas rester encore à la maison ?

— Je t'assure que je me sens bien. Je passe à la pharmacie, je prends mes comprimés. Et puis je dors, je t'appelle bientôt.

Je l'ai appelé plusieurs fois dans la soirée. Il ne répondait pas. Il devait dormir. Le lendemain, Astrid me dit : « C'est inquiétant qu'il n'appelle pas.

— Il a dû réussir à joindre la personne qu'il appelait à l'hôpital. Il allait bien quand il est monté dans le taxi. Il souriait. Tu verras, il va nous téléphoner bientôt. Il ne doit pas avoir envie de nous déranger davantage. »

Je m'inquiétais sans vouloir me l'avouer. Je composais de plus en plus souvent le numéro de Jean-Marc : le répondeur ne pouvait plus accepter de message. Deux jours plus tard, je reçus un appel de son assistante que je connaissais bien. La femme de ménage avait trouvé Jean-Marc pendu au milieu de la pièce à l'anneau de suspension du lustre, un escabeau renversé sous ses pieds.

Je reconstituai plus tard son emploi du temps. Il s'était pendu en rentrant. Il paye le taxi, il monte trois étages, il se pend.

D'après l'autopsie, la mort remontait à dimanche vers midi ou treize heures. J'avais entendu sonner midi à une église devant laquelle j'étais passé en rentrant à pied au lieu de prendre le métro. Je n'aurais jamais dû le laisser repartir. Il était rentré pour se pendre, refusant de boire un verre avec moi. Il n'avait pas téléphoné. Il avait préféré un acte autodestructeur délibéré, pour parler comme le psychiatre.

On m'a dit qu'il est très difficile, et même impossible, d'évaluer le risque suicidaire. La personne qui va se suicider est face à l'absence soudaine d'une alternative autre que le suicide. C'est le seul choix. C'est-à-dire qu'il n'y a plus de choix. Il serait donc parfois plus facile de mourir que de continuer à vivre ? Comme si la vie n'avait plus de sens, des aiguilles qui n'indiquent plus rien, des amis auxquels on se fiait et qui ne sont plus fiables, la famille qu'on n'a plus envie de mettre dans la confidence.

Justine m'avait dit au téléphone : « Ce qui me constitue, c'est la désespérance. » J'avais noté la phrase. Elle avait senti quelque chose : « Mais tu m'écoutes au moins ? » J'étais en train d'écrire, moins attentif aux phrases suivantes. La désespérance… J'aurais mieux fait de recueillir cette confidence avec amour au lieu d'y voir une phrase à utiliser dans un roman. Elle continuait :

— Tu sais ce que je regrette dans ma vie ? C'est de ne pas avoir été aimée comme j'ai aimé.

— Merci pour moi !

— Je pense à mes parents.

— Et les hommes de ta vie ?

— Plus ils étaient amoureux de moi, moins je les aimais. Et toi, je t'aime encore parce que je sens que tu m'aimes de moins en moins.

— Qu'est-ce que tu en sais ? Tu m'énerves !

— C'est déjà ça.

Et puis je pensais qu'elle avait eu un cancer, qu'il fallait la ménager.

Je ne comprends toujours pas pourquoi je ne lui ai pas parlé le premier du cancer qu'elle me cachait, puisque j'étais au courant. J'aurais trahi Guillermo, et alors ? Il ne s'agissait pas d'une vague amie, il s'agissait de Justine. J'aurais dû lui en parler, même et surtout quand j'appris qu'elle s'en sortait.

Elle était allée jusqu'à me raconter qu'elle ne téléphonerait pas tel jour (je savais que c'était le jour de sa dernière chimio) parce qu'elle avait décidé de passer de la peinture époxy sur son vieux frigo : « De la peinture aussi subtile qu'un rouge à lèvres, ça va me prendre des heures, mais ce frigo accueillera toutes les moutardes françaises que j'aime, les blanches, les brunes, les pourpres. Tu crois que c'est mauvais, de manger trop de moutarde ? »

Par Guillermo, je sus qu'elle avait commencé, après sa guérison, une histoire plus que torride, selon lui, avec un garçon plus jeune qu'elle : « Il est très excitant, crois-moi, je m'y connais. Le sexe, mon vieux ! C'est un jeune peintre. Il a du talent. Soyons contents pour Justine. Ils sont venus chez moi, ils se sont enfermés dans ma chambre après le repas. Il s'appelle Nicolas, il est de Drummondville. »

Ce soir-là, j'écrivis une longue lettre à Justine, j'allai la porter après minuit à la poste ouverte jour et nuit rue du Louvre, pour être sûr de l'affranchissement. Je répondais à sa lettre la plus récente, qui ressemblait à une mise en demeure : « Pourrais-tu me décrire comment tu envisages la vie avec moi ? Je te prie de faire l'effort, même si cela te paraît vulgaire, d'être *précis.* »

Quelques mois plus tard, Justine jouait dans un spectacle programmé au Théâtre du Rond-Point, une création collective autour des douze travaux d'Hercule par une jeune compagnie québécoise. Que le spectacle soit invité à Paris fut une formidable surprise. Qu'allions-nous faire ? Nous voir comment ? Elle ne me cacha pas qu'elle avait une liaison avec un des acteurs, grand amateur de mes lettres. Il lui avait fait jurer de ne pas me revoir à Paris. Et elle avait juré. Dans une chambre d'hôtel pas loin du théâtre, elle me dit :

— S'il savait que je suis avec toi, il me tuerait. Parfois il me fait peur.

— Mais laisse-le tomber.

— Tu es prêt à rentrer avec moi à Montréal ?

— C'est impossible pour le moment, tu le sais bien.

— Moi, ça ne me déplaît pas d'avoir de temps en temps un type dans mon lit. Je vais le garder jusqu'à nouvel ordre. Toi, c'est différent, je suis amoureuse de toi. Allez, embrasse-moi, il faudra bientôt que je parte. Je vais me faire assassiner si je rentre trop tard.

Elle réussit à échapper deux fois à la jalousie de son acteur. Nous quittions l'hôtel ensemble, elle pour un autre hôtel, moi pour chez moi. Justine s'était inventé de lointaines cousines qui l'invitaient à dîner, des couche-tard, et l'acteur ne se méfia pas : elle avait juré de ne pas me voir. J'ai assisté à la deuxième des huit représentations. Il y eut un bon article dans *Libération*, avec une photo où on apercevait Justine.

Elle quitta son acteur québécois pour l'ingénieur du son français qui avait sonorisé le spectacle au Théâtre du Rond-Point, lequel ingénieur du son lui permit de trouver un rôle dans un film sur lequel il allait travailler.

Justine plaît au casting director. Justine reste en France. Elle va tourner dans un long métrage. Elle sera payée. Tournage en extérieurs dans les Landes. Elle me téléphonera de Bayonne, chaque fois, promet-elle, qu'elle pourra s'isoler.

Amoureuse de son ingénieur du son, Justine n'en continue pas moins à vouloir me voir :

— Je ne parle plus depuis longtemps d'avoir un enfant avec toi, mais si j'étais enceinte d'un autre, tu dirais quoi ?

— Tu es enceinte ?

— Non, c'était pour voir ta réaction. Alors ? »

Elle prenait la pilule. Nous n'avons pas mis de préservatifs, même pas la première fois, alors que nous appartenions sans discussion à la catégorie des sujets à partenaires multiples. Je ne peux qu'apporter mon témoignage : les femmes que j'ai connues n'ont pratiquement jamais évoqué l'existence de préservatifs quand nous allions au lit, sauf une ou deux, et je dirai même sauf une. Elles et moi avons eu de la chance. Chaque fois que j'ai fait des prises de sang, j'ai demandé qu'on ajoute le test HIV.

Le rôle de Justine fut presque entièrement coupé au montage. Les distributeurs trouvaient le film trop long et son personnage inutile. Elle vécut très mal qu'on lui coupe ses deux séquences. Le rôle était secondaire, mais c'était un rôle. Le montage final la réduisait à l'état de silhouette. Elle m'en parla en pleurant, au retour d'une projection privée. Une semaine de tournage pour rien. Les gros plans dont elle était fière avaient disparu.

Je ne suis pas allé voir le film, qui fit un million d'entrées. Le nom de Justine n'était pas sur l'affiche. J'étais resté longtemps à le chercher, debout devant une colonne Morris, boulevard de Sébastopol. J'espère au moins qu'elle était mentionnée au générique de fin. Lorsque je lui demandai des nouvelles de ses amours, j'appris que l'ingénieur du son n'était plus dans sa vie. Elle précisa qu'elle dormait seule et que sa vie sentimentale était un désert, en ajoutant, un peu moqueuse : « Sois mon oasis. » Elle décida de rester à Paris, ça ne m'arrangeait pas du tout, mais elle retourna d'abord à Montréal pour régler des affaires, ce qui, finalement, lui prit des mois. Elle m'apprit la mort de son lapin : « Au moins il n'aura pas fini dans une terrine. Je ne l'ai pas assez choyé. Il pissait partout. Le vétérinaire a proposé l'euthanasie, j'ai dit oui. Il est enterré dans un jardin chez des amis. À la fin, il respirait par la bouche, ce n'est pas normal pour un lapin. On se connaissait depuis des années. Il a souvent attendu avec moi que tu téléphones. »

13

Florence, une femme d'une quarantaine d'années, dirigeait, et dirige encore, une galerie d'art et de design très connue, pas loin de la place des Vosges. Un samedi soir de printemps, je lui fus présenté pendant un vernissage, une flûte à la main, sur le trottoir devant sa galerie. Une fois les invités partis, nous sommes restés à bavarder, elle m'offrit ses récents catalogues, me montra des dessins qu'elle venait d'acheter, sortit des gravures conservées à plat dans des tiroirs. Elle projetait d'ouvrir deux autres galeries, à Bâle et à Gand. Je pris un cadre en argent posé sur son bureau et le remis aussitôt en place, constatant que c'était une photo privée : « Là, ce sont mes enfants. D'ailleurs ils m'attendent. »

Plus tard, elle insistera souvent pour que je lui dise que j'avais été amoureux d'elle dès que je l'avais vue. Je répondais « oui » même si je devins amoureux plus lentement mais peut-être avait-elle raison, peut-être cela avait-il commencé dès cette première rencontre plutôt banale à mes yeux.

Ce fut le début d'une histoire compliquée et douloureuse. Je devins vite obnubilé par elle, obsédé, engourdi même. Elle voulut quitter son mari pour moi et elle a cru qu'elle y réussirait – ses garçons avaient huit et onze ans quand je l'ai rencontrée. Le mari lui interdit de me faire connaître leurs enfants et menaça de disparaître dans la nature ou de se tuer si elle le faisait, et Florence a cédé. Elle ne voulait pas priver ses fils de leur père. Un soir, elle finit par partir de chez elle avec une valise et m'appela d'un hôtel. Elle se sentait enfin libre et m'attendait dans la chambre, mais une heure plus tard elle était de nouveau dans son appartement, s'embrouillant au téléphone dans des explications d'où il ressortait que le père de ses enfants risquait de se suicider. On se voyait beaucoup moins que j'aurais voulu et qu'elle disait le vouloir aussi. C'était toujours du temps volé à sa famille ou à son travail. Elle me donnait rendez-vous dans le fond d'un bistrot où elle ne pourrait rester, prévenait-elle en arrivant, que vingt minutes : « C'est mieux que rien. » J'en étais arrivé à le penser aussi. Elle refusait qu'on s'installe en terrasse : le mari aurait pu passer par là.

Nous avons réussi à faire quelques voyages – ce n'était pas le tour du monde – quand elle avait des expositions à voir et que le mari décidait de ne pas l'accompagner, ou quand je présentais mes livres en province et qu'elle me rejoignait. Nous sommes allés à Toulouse, à Barcelone, à Genève, à Amsterdam plusieurs jours, où encore ? La liste me paraît bien pauvre... Quand nous nous retrouvions dans des hôtels à Paris, elle avait peur de découvrir son mari embusqué dans le hall avec une carabine. Il la suivait à la trace, fouillait dans la messagerie de son portable, réussissait à connaître les noms de nos hôtels. Nous sommes devenus plus prudents et je cessai de lui donner les adresses des hôtels par sms ou sur répondeur, ne tenant pas à recevoir une balle de 22 long rifle au milieu du front.

Florence est une pro du sms, qu'elle appelle texto. J'ai recopié tous ses textos dans des carnets, et elle aussi de son côté : « Devine à quoi j'ai passé la matinée ? À recopier tes textos ! » Quand je relis dans l'ordre chronologique ces phrases courtes, assorties de mes réponses, je n'aimerais pas être l'homme de ce couple, quelqu'un qui inspire la pitié, toujours à quémander des rendez-vous. « Sauter d'une vie dans une autre, non, je ne pourrai pas », m'écrivait-elle. J'ai répondu : « Nous avons trois solutions, ne plus se voir, continuer comme ça, ou se marier. Je préfère la troisième. »

« Florence, trouve une semaine pour nous deux, pas besoin d'aller loin. »

« Florence, je suis dans un hôtel que j'adore près de Perpignan. Je vais y rester pour t'attendre. Tu viendrais quand ? »

« Nous sommes tous les deux à Paris et tu n'es pas fichue de me voir ! Je veux te voir. » Sa réponse : « Moi aussi ! J'ai des journées très chargées. Jte, jta… » *Jte* voulait dire « je t'embrasse », *jta* « je t'aime ».

« Je vais t'appeler, je fais dîner les enfants. » Et elle appelait à deux heures du matin pour me dire qu'elle était épuisée, qu'elle s'était endormie devant la télévision. Un autre jour : « Je sais que tu es fâché, et énervé, et triste, alors j'ai du mal à envoyer des textos comme si de rien n'était… » Je répondis : « Je choisis de ne pas te répondre, ce qui est quand même une réponse. »

Elle m'écrivit à plusieurs reprises : « C'est avec toi que je veux voyager », alors qu'elle était en train de visiter Istanbul, Prague ou le Grand Canyon en famille. À la moindre des vacances scolaires, ils partaient à quatre, le mari conduisant les voitures de location – Florence ne sait pas conduire. Pourquoi n'a-t-elle pas réussi à quitter son mari ? Ou pas voulu ? Les enfants ne pouvaient pas être le seul obstacle. Elle m'a confié : « Tu es mon échec. » J'aurai souffert à cause d'elle.

Pour Astrid, Florence fut la femme de trop. Nous nous disputions de plus en plus souvent et je me demandais si des nuits de disputes ne valaient pas des nuits d'amour. Astrid ne se posa pas la question. Elle m'a dit : « Je m'en vais », et elle l'a fait le jour même, prenant à peine le temps d'emballer quelques affaires; elle viendrait chercher le reste plus tard, me laissant seul avec Iris et Olga qui me faisaient la gueule. Elle passa dix jours chez sa mère à Zurich et à son retour à Paris s'installa dans un cinq pièces près de la Bastille où les filles la rejoignirent. Elle transforma une des chambres en atelier avec ses planches à dessin et ses albums d'échantillons. Elle m'écrivit pour m'avertir qu'elle comptait vendre notre appartement, lointain cadeau de mariage de ses parents, mais que je pouvais continuer de l'occuper en attendant.

Olga refusait de me parler. Elle estimait que je faisais du tort à sa mère. Iris ne voulait pas me voir non plus, mais au moins elle m'envoyait des sms : « J'adore notre nouvel appartement et notre nouveau quartier. Maman va beaucoup mieux depuis qu'elle t'a plaqué ! » À Noël, je lui ai envoyé un colis par coursier, foie gras, caviar, bûche, sauternes et champagne, en pensant qu'elle le partagerait avec Astrid et Olga. Elle me l'a renvoyé un mois plus tard sans l'avoir ouvert. Florence passait les vacances de Noël en Savoie avec sa famille. Je me suis retrouvé seul à broyer du noir dans l'appartement quasi vide. Je téléphonai à Justine la nuit du réveillon, vers minuit pour elle. Elle avait bu, il y avait du bruit, elle me dit qu'elle m'aimait et m'embrassait, les verbes que Florence abrégeait dans ses textos.

Si on me racontait ma vie, qu'en dirais-je ? Je conseillerais à ce garçon de se reprendre en main. On aimerait voir resurgir en lui le vieux singe à qui on n'apprend plus à faire la grimace. On lui recommanderait de ne pas s'engouffrer davantage dans sa relation mortifère avec Florence.

Je pris rendez-vous avec un psy pour un premier entretien motivationnel – ce vocabulaire de cliniciens a toujours fait ma joie. Il me trouva dépressif, c'était couru d'avance, pas au point cependant de subir une ECT, l'électroconvulsivothérapie à côté de quoi les bêtabloquants sont des barbes à papa. Les antidépresseurs dont j'ai besoin sont répartis en inhibiteurs de ceci ou de cela (je me suis renseigné sur Internet, une chose à ne pas faire), monoamine-oxydase ou recapture de sérotonine, des noms moins grand public que Nike ou Zara.

Imaginons que je prenne un de ces médicaments. Surviendront les effets secondaires, vomissements, agitation, confusion, vertiges, troubles de la vision, risques de chute, prise de poids, perte de mémoire, troubles neurologiques irréversibles, coma, mort du patient.

Et les troubles sexuels, comme effet secondaire ? Charmante perspective, les troubles sexuels.

En quittant le psy, j'ai plié dans mon portefeuille son ordonnance dont je ne me suis jamais servi.

J'étais à ramasser à la petite cuillère. Pour m'en sortir, je fis appel à Robert Cochran et Joel Surnow, les créateurs de *24 heures*, dont une des trouvailles consiste à rappeler les événements précédents avant de continuer : « *Previously…* »

Previously, j'ai dormi à la belle étoile en été sous des pins maritimes, j'ai marché pendant des jours dans les rues de New York, j'ai lu et relu les poèmes de François Villon, j'ai nagé dans la mer au large de Capri, je me suis promené avec mes filles dans les parcs de Londres.

Je suis allé acheter les premières saisons de *24 heures* à la Fnac Digitale du boulevard Saint-Germain, ce magasin de toutes les tentations, où on se sent frustré de ne pas pouvoir acheter tout ce qu'on veut, c'est-à-dire tout ce qu'on voit (« je vois, donc je veux »). J'ai regardé les saisons de *24 heures* d'une aube à l'autre, en appuyant parfois sur pause pour aller chercher quelque chose dans le frigo.

Pendant une semaine, je ne fis rien d'autre que charger les DVD et régler les problèmes de sous-titrage. Dès la deuxième saison, je ne me dérangeais même plus pour ouvrir le frigo et restais affalé sur le canapé avec des chips et une bouteille de whisky à portée de la main, seul face au destin de Jack Bauer. L'esprit critique anesthésié. État d'apesanteur, heures floconneuses, irresponsabilité totale. J'avais fermé mon téléphone.

Un stage à la CTU de Los Angeles me ferait le plus grand bien. Épaulé par Chloé O'Brian, j'aiderais Jack Bauer à sauver les États-Unis d'un péril atomique.

Previously…

Je commençais à comprendre que je n'habiterais jamais avec Florence. Elle me menait en bateau. En fait, elle est accrochée à sa famille comme un mollusque à son support, me disais-je sans trop vouloir aller au fond des choses. Je rallumai mon portable. Elle m'avait laissé plein de textos : « Qu'est-ce que tu fabriques ? Pourquoi as-tu fermé ton portable ? » « Dommage, j'étais libre à dîner ce soir. » « J'arrive ? Tu as envie de me voir ? » « Tu fais quoi ? » « Tu me manques beaucoup, je suis très déprimée. » « Je suis inquiète. » « Est-ce que tu m'aimes encore ? »

J'allais écouter les messages laissés sur le répondeur quand le téléphone sonna. Florence allait venir ! Elle serait là dans trois quarts d'heure. Je me suis rasé, j'ai mis une chemise propre et je suis descendu attendre son taxi devant l'immeuble.

14

Le père de Justine lui trouva dans le Marais un appartement mis à sa disposition pour quelques mois par un diplomate, amateur comme lui de voitures de collection, avec qui il était en affaires. Que Justine vienne s'installer à Paris ne me réjouissait pas. Qu'allais-je faire d'elle ?

L'appartement avait l'air somptueux. À peine arrivée, elle m'appela pour me le décrire : « Cuisine aménagée, réfrigérateur américain avec distributeur de glaçons et de glace pilée, trois chambres, un salon avec deux cheminées. C'est un immeuble du XVIIIe siècle. La salle de bains est immense avec une grande baignoire ronde. Il y a un miroir ancien au mercure dans la chambre. Le lit est hollywoodien ! J'espère que nous allons vite l'étrenner. Je vais dormir, je suis en combinaison, les bretelles me serrent les épaules. Il fait un froid de gueux. J'ai les pieds gelés. Je suis couchée sur le flanc comme une petite biche. Tu n'as que cinq cents mètres à faire pour venir me réchauffer. On va pouvoir dîner dans un appartement. Je préparerai un navarin d'agneau, depuis le temps que je t'en parle, c'est le seul plat que je sais cuisiner. » Je n'avais pas envie de son navarin d'agneau. Après deux navarins d'agneau, elle reparlerait d'avoir un enfant. Je n'avais plus l'âge d'être père. Mes filles pouvaient m'annoncer d'un jour à l'autre que j'allais devenir grand-père. Elle habitait à une demi-heure à pied de chez moi si on s'attardait devant les vitrines, les ustensiles de cuisine chez Dehillerin, les bouteilles du Comptoir du Terroir, la librairie de la rue Rambuteau. J'étais à l'ouest et Justine à l'est du Centre Pompidou où nous nous sommes retrouvés dans la librairie du rez-de-chaussée. Nous avons passé deux heures à feuilleter des albums, Justine intéressée par le rayon théâtre et vidéo, moi à l'affût des catalogues d'expositions les plus récentes afin de ne pas être en reste dans mes futures conversations avec Florence.

Justine s'était inscrite à un cours de maquillage professionnel au bout de l'avenue d'Eylau, dans une des rues qui partent de la place de Mexico : « Comme ça, quoi qu'il arrive, j'aurai un métier solide. C'est une école de renommée internationale, les élèves viennent du monde entier pour suivre ces cours. » Un jour, je lui ai fait la surprise de l'attendre à la sortie et nous sommes allés nous asseoir sur un banc des jardins du Trocadéro, près du cèdre qui avait abrité tant de débats nocturnes entre cinéphiles lorsque la Cinémathèque française était encore à Chaillot. Je lui montrai les escaliers qui menaient à la salle de projection au sous-sol et lui parlai de l'époque où, étudiant, je descendais ces escaliers le cœur battant pour découvrir des films dont je ne connaissais que des photos. Puis je l'ai emmenée boire un chocolat chez Carette et nous avons joué à l'embardée. Elle commença : « Je voudrais être un comprimé effervescent. – Et moi je voudrais être une galerie d'art. » Le jeu prit fin quand elle dit : « Je voudrais être une fille que tu aimes ».

Elle trouva un emploi de vendeuse de chaussures à mi-temps dans une boutique du Marais. Elle parlait de moins en moins des rôles qu'elle avait rêvé d'interpréter, Marie Stuart, ou Hamlet comme Angela Winkler dans la mise en scène de Peter Zadek. « Si je pouvais rencontrer Peter Zadek, disait-elle, tu crois qu'il me ferait travailler ? » Le soir, elle s'était inscrite à des cours donnés par un ancien élève de l'Actor's Studio. J'étais sceptique mais elle n'avait pas tort : « Je vais travailler des textes, rencontrer des gens. » Elle devait être malheureuse de ne plus trouver de rôles, et après avoir joué Bérénice, il lui fut pénible d'accepter de la figuration. Elle continuait pourtant d'être de bonne humeur. Je lui ai dit : « Tu caches bien ton jeu, c'est un comble pour une actrice ! » Chaque fois qu'elle fut vendeuse, elle observait les clientes pour enrichir ses rôles futurs, mais à peine avait-elle prononcé le mot « rôle » qu'elle changeait de sujet. Elle ne voulait plus aller au théâtre.

Elle était heureuse de se réveiller chaque jour, disait-elle. C'était peut-être vrai mais je ne la croyais pas. Je le prétendais moi aussi, mais quand je me réveille, je suis en réalité au fond du trou. Avant de sortir du lit, je reconstitue lentement ma vie récente pour conclure : « Je n'aime pas la vie que je mène », une phrase qui me plaît à cause de l'assonance *aime* et *mène*.

Je ne comprends toujours pas pourquoi je n'ai pas osé révéler l'existence de Florence à Justine. Attendais-je qu'à la longue elle le comprenne d'elle-même ? Je ne lui avais pas non plus dit qu'Astrid était partie, redoutant qu'elle ne vienne frapper à n'importe quel moment à la porte de mon appartement pendant que Florence était là. Elle me disait : « Elle ne part jamais en vacances, ta femme ? Que je puisse voir où tu vis, tes meubles, ton lit conjugal ! – Tu sais très bien que je ne dors plus avec Astrid. – Et tu crois que je te crois ? »

Justine me trouvait froid. Elle s'impatientait : « Je représente quoi pour toi ? Tu as une réponse à cette question ? » Elle se faisait de plus en plus pressante : « Quand est-ce que tu viens passer la nuit chez moi ? » Je m'arrangeais pour la voir dehors. Ne comprenait-elle pas que le charme de nos rapports avait tenu à la rareté de nos rencontres ? Elle n'avait pas encore eu le temps de se faire des amis à Paris et devait se sentir seule. Serait-elle arrivée un an plus tôt, nous aurions dormi ensemble dans l'appartement du diplomate.

Pour elle, je vivais toujours avec ma femme, c'était ma vie de famille qui m'empêchait de la voir plus souvent : je n'étais pas libre comme à Montréal. J'en étais réduit à devoir la persuader que je ne couchais pas avec Astrid avec qui je ne vivais même plus, alors que jour et nuit, devenu à ma grande surprise monogame et monomaniaque, j'attendais Florence qui venait si peu.

Pour éviter de voir Justine, je prétextais des articles à écrire, des rendez-vous, des voyages en province, la fatigue, mes filles, mon besoin d'être seul. En fait, je m'enfermais chez moi dans l'espoir que Florence appellerait pour annoncer qu'elle arrivait, qu'elle serait là dans dix minutes, qu'elle ne repartirait pas avant six heures du matin, l'heure à laquelle elle voulait être rentrée pour que ses enfants la trouvent dans son lit quand ils se réveilleraient.

Il aurait suffi de dire à Justine : « J'en aime une autre. » Je n'y parvenais pas.

Florence m'apprit qu'elle ferait de fréquents voyages à Strasbourg dans les prochains mois. Elle organisait une exposition au MAMCS, un sigle plus facile à identifier qu'à prononcer : le Musée d'Art moderne et contemporain de Strasbourg. Elle y montrerait les artistes de sa galerie. Je vis la possibilité de l'avoir près de moi et demandai à ma sœur de me trouver d'urgence un appartement. C'était la solution inespérée à mes problèmes. Je restais à Paris pour ne pas perdre les demi-heures que Florence m'accordait par-ci par-là. À Strasbourg, nous pourrions être ensemble pendant des jours et des nuits, nous nous embrasserions en public, elle me donnerait le bras, on ne se cacherait plus. Myriam dénicha un quatre-vingts mètres carrés dans l'immeuble à côté du sien : « Je te connais assez pour savoir que ça va te plaire. » Finis pour un temps les rendez-vous clandestins dans les arrière-salles de bistrots !

Je n'aurais plus à mentir à Justine, à qui j'avais raconté qu'Astrid avait une collection à finir au plus vite et que notre appartement était envahi par des rideaux à même le sol, des tentures, des rouleaux de tissus d'ameublement. Astrid était assistée par trois techniciens et je ne pouvais plus m'isoler ni me concentrer. J'avais décidé de me réfugier chez ma sœur à Strasbourg.

La veille de mon départ, j'invitai Justine à dîner chez Kinugawa. Avant de me connaître, elle n'avait jamais mangé dans un restaurant japonais. J'étais arrivé en avance et je l'attendais au rez-de-chaussée. Je voulais la voir entrer, je l'imaginais dans une des robes flamboyantes qu'elle portait à Montréal mais elle avait passé un petit pull noir sur un jean. Elle me laissa choisir et je commandai trop de hors-d'œuvre et un saumon grillé pour elle, une tête de dorade pour moi. Je reparlai de notre voyage avorté au Japon. Pourquoi avait-elle refusé que je l'invite ? « Je ne voulais pas que tu payes pour moi, je m'en souviens très bien. Et puis ce voyage me faisait peur. Me retrouver avec toi si loin… C'est un loupage complet, mais si tu en as toujours envie, ce soir je suis d'accord. » Je la raccompagnai en taxi, elle avait acheté un très bon vin exprès pour moi, est-ce que je voulais monter ? Je refusai en disant que j'avais mes valises à faire et que je devais encore choisir la documentation que j'emportais. Je voulais surtout rouvrir mon portable dès que je serais seul, voir si j'avais des messages de Florence. Justine m'avait paru un peu éteinte et triste pendant tout le repas sauf quand elle s'était animée à propos de Strindberg. Elle avait travaillé le rôle d'Agnès dans *Le Songe*, elle avait vu une comédienne allemande l'interpréter à Montréal : « Au théâtre, c'est difficile de rivaliser avec les Allemandes, il y a une incroyable tradition théâtrale là-bas. »

Le lendemain soir, après un voyage en train un peu long, je m'installais quai des Bateliers, un des plus beaux endroits de Strasbourg, en face du palais Rohan et de ses trois musées que je comptais bien faire visiter à Florence. J'avais tout ce qu'il me fallait à proximité, papeteries, librairies, cinémas, cavistes, terrasses de café, un aéroport vaguement international en cas de besoin, et le MAMCS… Que Dieu bénisse le MAMCS.

Myriam avait négocié un bail de quatre mois : « Je t'offre le loyer, je ne t'ai pas fait de cadeaux pour tes anniversaires depuis si longtemps, et si ça te permet de travailler, tant mieux. » Je ne venais pas pour écrire mais pour attendre Florence. J'aurais pu mettre ma sœur dans la confidence, elle m'aurait compris, elle m'aurait remonté le moral, elle est psychiatre, quand même. Comment nous prendre au sérieux l'un et l'autre, les deux rejetons d'un dentiste aisé, devenus des intellectuels, Myriam invitée dans des congrès et moi dans des Salons du livre, alors que je nous revois chez nos grands-parents, enfonçant des arceaux dans l'herbe pour jouer au croquet…

L'appartement avait un salon dont les trois fenêtres donnaient sur le quai et sur l'Ill, la rivière qui me fait aimer Strasbourg. J'y ai laissé mes valises, une Rimowa en métal argenté, une Samsonite rouge, près d'un poêle alsacien en faïence : « Il est peu gourmand en bois », me dit la propriétaire.

On ne voit jamais de valises quand on va chez les gens. J'aime regarder mes valises, j'aime leur présence. Ma valise préférée, une valise en cuir du XIXe siècle fabriquée en Angleterre, je l'ai achetée chez un antiquaire à Athènes et elle moisit dans un garde-meubles. Son cuir doit se dessécher, un cuir que j'ai décapé et souvent réhydraté avec du lait nourrissant. Même vide, elle est lourde. Elle n'a pas de roulettes, c'est normal vu son âge. En plus d'un siècle, elle n'a connu que le bateau et le train.

Je l'ai rapportée d'Athènes via Patras et Brindisi. La confierais-je aux inconnus qui s'occupent des bagages dans les aéroports ? Justine aimait cette valise sans jamais l'avoir vue et voulait que je la lui offre. Nous n'avons pas eu le temps d'aller la récupérer à Montreuil dans mon garde-meubles, une morgue qui abrite mes cartons de livres, une table en noyer, des chaises, des lampadaires halogènes italiens que plus personne n'est capable de réparer, et cette valise abandonnée jadis en Grèce par un voyageur anglais. Si on me nommait commissaire d'une exposition, je proposerais « La valise dans l'histoire de l'art ». Qui a peint une valise le premier ?

15

J'étais parti trop vite. Florence ne viendrait pas avant quinze jours, je n'avais pas compris son planning ou bien elle avait laissé ses dates dans le flou comme toujours. Elle m'appelait moins souvent de chez elle. Le mari avait dû reprendre la main. Elle appelait de la galerie entre deux rendez-vous, ou d'un taxi, ou d'un avion juste avant le décollage : « Je t'embrasse. Il faut que j'éteigne mon portable. » Je voulais qu'elle m'appelle aux *heures nobles* – mon nouveau concept –, entre 19 h 30 et 23 h 30, des heures où on ne profite pas d'un trou dans son emploi du temps, où l'autre sent qu'il passe avant tout le monde, avant les couchers d'enfants, les dîners à la maison, les restaurants, les séances de cinéma, les sorties diverses. Quai des Bateliers, j'avais une ligne fixe sur laquelle Florence m'appelait, les portables me donnant mal à l'oreille à la longue. Le son de sa voix était meilleur : « Est-ce qu'on est un peu en froid ? – Je suis déçu, je pensais te voir plus vite. – Tu m'aimes ? De toute façon, tu m'aimes tout le temps, même quand tu ne m'aimes pas. – Je te trouve bien sûre de toi ! – Non, je suis sûre de toi. » Elle me commanda un texte pour le catalogue de son exposition au MAMCS, nous allions enfin faire quelque chose ensemble.

Il y a beaucoup de places à Strasbourg, avec des arbres, du ciel, de la vie, des cafés : place du Château, place de la Cathédrale, place de Broglie, place de Zurich, place des Meuniers, place de l'Université, place Gutenberg, place Kléber, place du Corbeau – elles me fournirent repères et refuges pendant mes semaines alsaciennes. Me retrouver dans la ville de mon enfance, y habiter de nouveau, déambuler dans des rues qui avaient moins changé que moi, me réconciliait avec le temps qui passe, me rassurait aussi : la ville m'accueillait avec ce qu'elle avait réussi à préserver depuis des siècles, les façades, les quais, le tracé des rues, les perspectives des places. En Alsace, on se vante d'avoir inventé non seulement le sapin de Noël – on accrochait des pommes aux sapins, et une année où les pommes manquèrent, on fit des pommes en verre qui devinrent les boules de Noël – mais aussi les marchés de Noël, ces petites cabanes qui furent plus attirantes jadis, on le constate sur d'anciennes gravures. Le marché de Noël, ce qu'on ose vous y vendre aujourd'hui, la laideur des échoppes, la foule que ça attire, me donnaient moins envie de me promener. J'évitais les abords de la cathédrale, et pourtant une cathédrale vous sauve une ville. Vive les bâtisseurs de cathédrales. Avant de déboucher le champagne le soir du réveillon, mon père ouvrait une fenêtre malgré le froid et guettait en direct le douzième coup de minuit du célèbre carillon de la cathédrale de Strasbourg retransmis à la radio dans toute l'Europe.

Quand j'appelais ma sœur dans la journée pour lui demander si je pouvais passer la voir, elle ne décrochait jamais, son téléphone sur silencieux, en rendez-vous dans des hôpitaux ou des prisons pour pratiquer des expertises. Elle ne savait pas que Justine était à Paris et devait penser que c'était une histoire terminée. Je n'avais pas encore eu l'occasion de lui parler de Florence. Je finis par dîner chez elle en compagnie d'un Québécois qu'elle avait rencontré lors d'un congrès de psychiatres francophones à Bruxelles : « Tu es souvent allé à Montréal, tu vas pouvoir en parler avec Larry. » Il était spécialiste des maladies du cerveau et, comme moi, il avait souvent dîné au *Lux.* Nous nous souvenions tous les deux du slogan « le restaurant de la nuit ouvert même le jour ». Larry était passionnant, intarissable sur ses recherches, et ma sœur le regardait avec le sourire d'une femme éprise. Il était venu en France pour donner des conférences. Je lui demandai ce qu'il pensait des thérapies systémiques. Je l'avais lancé sur un de ses sujets favoris. Je les quittai vers minuit moins vingt, ou plutôt je m'éclipsai. Ils furent visiblement contents que je les laisse seuls, et moi j'avais hâte de rouvrir mon portable pour voir si j'avais reçu des textos de Florence. Elle arrivait le lendemain ! Elle prendrait un avion très tôt, irait directement au musée et me donnait rendez-vous à midi et demi au *Crocodile*, un restaurant guindé que je ne supporte plus et que son assistante avait dû dégoter dans le Michelin. Elle ne disait rien sur son retour à Paris. Elle m'appela à minuit avant de rentrer chez elle et, pressée de questions, finit par avouer qu'elle devrait repartir le soir même par le dernier vol. Je me retins d'exploser, de lui dire que j'en avais marre d'elle. Nous aurions l'après-midi pour nous, ce serait toujours ça. Je viendrais l'attendre à midi à la cafeteria du musée et nous chercherions ensemble un restaurant dans les ruelles du quartier de la Petite France. Florence a beau m'énerver, dès que je la vois je suis amoureux d'elle sans conditions, j'oublie à quel point elle est exaspérante quand elle s'y met. Elle découvrit l'appartement ensoleillé avec la vue sur l'Ill et le palais Rohan, et me promit d'y passer quelques jours bientôt. Craignant l'arrivée des fréquents sms de Justine, j'avais fermé mon portable. Je voulais vivre avec Florence. Elle me répondait invariablement : « On va se marier. » Elle me l'a redit à Strasbourg. Pourquoi ne vivions-nous pas ensemble, depuis tout ce temps ? « C'est que je suis maso, dit-elle, voilà tout ! – Tu es plus subtile, d'habitude. Moi, je ne te trouve pas maso, je te trouve sadique. » Au moment de se rhabiller pour aller à l'aéroport, il fallut défaire le lit pour retrouver sa culotte. La prochaine fois, nous ferions de grandes promenades dans Strasbourg. Je lui montrerais le mausolée du maréchal de Saxe sculpté par Pigalle dans l'église Saint-Thomas, un chef-d'œuvre dont elle n'avait jamais entendu parler. Je la conduirais à Colmar pour lui montrer le retable d'Issenheim, un des plus beaux tableaux du monde. On pourrait louer des vélos ou prendre le tram et sortir de la ville. On se raconterait tout ce qui nous passerait par la tête. Quand elle appellerait ses enfants, je m'éloignerais pour la laisser seule.

Pendant ce temps, Justine suivait les cours donnés par l'ancien élève de l'Actor's Studio. Elle avait fait des essais pour un film et obtenu un rôle moins important que celui pour lequel on l'avait pressentie. Elle vivait avec un des élèves du cours : « Christophe, un Français, ça s'est fait très vite, ça peut s'arrêter très vite aussi. » Un agent l'avait vue passer une scène – l'important, dans les cours de théâtre, c'est d'attirer des agents –, une femme dynamique qui lui avait promis de la faire travailler.

Justine voulait venir me voir à Strasbourg : « J'ai des choses à te dire que je ne veux pas dire au téléphone. » Je n'avais pas envie qu'elle vienne. Combien de temps resterait-elle ? Et si Florence décidait de venir au même moment ? Je ne tenais pas à rater Florence à cause de Justine, qui insista :

« Ça ne t'engage à rien, je viens, c'est tout. » Elle prit un train le jour même.

Elle me parla d'un état précancéreux, d'une tumeur maligne, ajoutant qu'on lui avait dit qu'elle s'en sortirait, comme si un médecin avait pu lui faire pareille promesse, et que ce n'était pas alarmant. Il suffisait de suivre un protocole. Elle ne savait pas que Guillermo m'avait mis au courant de son premier cancer. C'était donc une récidive. Et si rapide ! C'était un très mauvais signe. Je croyais que les rechutes n'apparaissaient que des années plus tard. Elle murmura : « Pourvu que je sois encore attirante ! »

Elle éclata en sanglots :

— Je dois t'avouer, Daniel, que j'ai déjà eu un cancer à Montréal quand on ne se voyait pas. J'ai peur, c'est une récidive, je sais que c'est peut-être grave. Mon premier cancer, je n'ai pas voulu t'en parler. On était si loin l'un de l'autre, pas seulement géographiquement. J'avais peur que tu te désintéresses de moi, que tu ne répondes plus au téléphone, que tu disparaisses. D'accord, il y a eu un bonheur que je ne renierai jamais, des sentiments que je n'avais jamais connus, jamais soupçonnés avant toi. Mais tu n'as pas su rompre avec ta vie d'avant. Rompre, ça demande un effort à tout le monde. Alors, pour toi, incapable de prendre une décision… Mais chaque nuit j'ai souhaité que tu t'endormes contre moi.

Elle serait soignée à l'Institut Curie. Les rendez-vous étaient pris. Elle serait seule dans l'appartement du Marais, son amoureux du moment, le jeune acteur français, étant parti pour Montpellier, où il s'occupait de son père atteint d'un cancer du foie, six mois d'espérance de vie.

Nous nous sommes endormis tous les deux nus, dans les bras l'un de l'autre.

Elle pleura beaucoup et me montra des catalogues de perruques :

— Ces choses s'appellent des chevelures de transition, des chevelures de remplacement. Au Québec, ils disent prothèses capillaires. Avec des cheveux naturels, c'est plus lourd, ça peut provoquer des maux de tête. Les chevelures synthétiques sont plus légères. Qu'est-ce que tu penses ? Naturelles ou synthétiques ? Les synthétiques sont moins chères.

— Des cheveux naturels, ça me paraît mieux.

— Pour les sourcils, ça ira. J'ai suivi des cours de maquillage. Est-ce que tu m'aimes ? Tu sais, on m'a dit que ce n'est pas un cancer très agressif. Tu crois qu'ils vont me mettre une prothèse dans le sein ? Avec du gel de remplissage ? Et si le gel se met à suinter… Ils ne vont quand même pas m'enlever un sein ? Tu crois qu'ils vont m'enlever un sein ? Les deux ? Je ne veux pas que tu viennes me voir à l'hôpital. D'abord je ne veux pas que tu me voies avec une perruque. Et puis Christophe va rentrer. C'est lui qui s'occupera de moi. Je ne te fais pas confiance. Je me fie plus à mon régime qu'à toi. Brocolis et poireaux, soupes de lentilles… Plus d'alcool.

— Je pourrai te téléphoner, au moins.

— Non, je veux préserver Christophe. Il sera souvent là. Autant lui épargner tes appels si c'est lui qui décroche. S'il savait que je suis dans un lit avec toi, est-ce qu'il me le pardonnerait ? Je parie que oui. Il est gentil. Il me convient pour le moment. C'est triste d'en être là, c'est triste d'en être où j'en suis. Tu crois que je vais mourir ? Tu crois que nous voyagerons ensemble ?

— Nous irons au Japon.

— Je te redis oui. La Suisse me suffirait. Les montagnes suisses, oui, ça m'irait. Et… ils m'ont parlé de reconstruction mammaire…

Le lendemain, elle voulut qu'on aille dîner au restaurant J'ai pensé au *Buerehiesel.* J'ai téléphoné, c'était complet. Je l'emmenai à la *Maison Kammerzell*, à côté de la cathédrale. Nous pouvions y aller à pied. À l'étage, Justine à peine assise enleva ses escarpins. Je lui dis : « J'ai l'impression qu'ils n'apprécient pas que tu aies enlevé tes chaussures.

— Ils peuvent être contents que je n'aie pas enlevé ma culotte ! »

J'aurais voulu être à Montréal trois ans plus tôt, cinq ans plus tôt, six ans, sept ans plus tôt. Nous serions plus jeunes. Notre histoire débuterait. Je lui aurais apporté des fleurs achetées chez

Sylvie Godin sur le boulevard Saint-Laurent. Nous aurions débarqué après minuit à *L'Express*, on se serait installé au bar en inox, on aurait commandé deux steaks tartare et ensuite une île flottante pour Mademoiselle. Mais nous étions à Strasbourg et nous allions rentrer dans un appartement pour y dormir ensemble.

Justine revenait des toilettes : « Je me suis vue dans la glace, j'ai des yeux extraordinaires ! » Je l'avais regardée s'éloigner et revenir. Aux autres tables, tout le monde la regardait aussi. Je pensai : « Je suis stupide de ne pas avoir vécu avec elle. » Elle s'assit : « Le dessert, on le prend chez toi. Pourquoi on n'a pas eu d'enfant ? Il aurait quel âge aujourd'hui ? Quatre ans, cinq ans ? Quand j'aurai un enfant avec un autre, tu penseras quoi ? ». Le vin rouge l'avait rendue sentimentale.

— Tu as un peu trop bu. Je croyais que tu ne buvais plus. Je ne sais pas si c'est bon pour toi.

Elle portait ce qu'elle a toujours appelé « un soutien-gorge qui fait une belle poitrine ». Elle avait échappé jusqu'à présent à la reconstruction mammaire, aux métastases ganglionnaires…

C'est à Strasbourg que nous aurons dormi dans le même lit pour la dernière fois. Ses seins étaient parfaits. Elle me les fit caresser. Nous avions beaucoup parlé, nous avions à peine dormi quand je l'accompagnai à la gare. Elle avait un rendez-vous à Paris. Avec un médecin ? Ça ne me regardait pas. Je montai avec elle dans le train. Elle me dit : « Tu pourrais rester avec moi jusqu'au prochain arrêt à Nancy. »

Et je me retrouvai à la gare de Nancy. Les billets n'avaient pas été contrôlés, je n'en avais pas. J'aurais dû rester avec elle jusqu'à Paris.

J'étais rentré précipitamment à Strasbourg dans l'espoir que Florence m'annoncerait qu'elle prenait le dernier avion du soir et me demanderait de venir l'attendre à l'aéroport.

16

Écrire la nuit était déprimant à la longue. J'ai trouvé une bonne excuse pour acheter des films tournés en extérieurs, avec des plans larges, des paysages en plein soleil, des westerns, des documentaires sur le Botswana, *Les Mines du roi Salomon*, que je regardais la nuit afin de me souvenir de la lumière du jour : de la luminothérapie.

Justine m'appelait parfois. Mon livre n'avançait pas. Je m'installais à des terrasses de café avec un carnet et un crayon, ou au balcon à l'étage d'une brasserie donnant sur la place Kléber, le *Schütz.* Je revoyais Justine traverser cette place avec moi quand elle était venue, elle n'avait pas pris son sac, elle avait un jean Calvin Klein qui lui faisait de jolies fesses comme ses soutiens-gorge lui faisaient une belle poitrine, je lui avais dit :

— C'est agréable à regarder, une femme qui marche les mains dans les poches.

— Ah bon ?

Elle répondait souvent : « Ah bon » quand je disais quelque chose sur elle : « J'adore ta bouche ! – Ah bon ! », comme si elle ne le savait pas… Aux terrasses de café, j'ouvrais mon carnet, je fermais mon portable. J'attendais que Florence m'appelle. Le portable fermé, je pouvais penser qu'elle le faisait.

L'état de Justine continuait de m'inquiéter. Ce qui m'inquiéta le plus, ce fut un coup de téléphone de Guillermo. Il était en Allemagne où il préparait l'exposition que lui consacrait le K21, le musée d'art contemporain de Düsseldorf, autant dire une consécration. Il voulait m'inviter au vernissage et on parla de Justine. Il l'avait trouvée très dépressive.

Justine m'apprit quelques jours plus tard qu'elle avait décidé de se faire interner dans un hôpital psychiatrique. Un médecin l'avait aidée à prendre cette décision :

— Un jeune psychiatre qu'on m'a recommandé. Il est psychanalyste aussi. Je m'étais mise à avoir des pensées suicidaires. Je ne faisais plus rien de mes journées. J'ai cessé d'aller aux cours. Je n'allais plus à la boutique, j'ai été renvoyée.

— Tu te fais hospitaliser quand ?

— C'est fait. Je t'appelle de la clinique. J'ai le droit de téléphoner entre dix-huit et dix-neuf heures. Il y a un parc. C'est près de Senlis, presque dans la forêt. Mon père va payer. Je lis. Je parle avec d'autres malades. J'ai apporté des disques. Je prends des médicaments. J'ai moins peur. Je pense à toi…

— Je peux faire quelque chose ?

— Juste répondre quand je te téléphonerai. Allez, on me fait signe qu'il faut que je raccroche.

Elle avait sa voix habituelle, comme si de rien n'était. Ce genre de décision lui ressemblait bien. Seul à Strasbourg à une terrasse ensoleillée, je m'étais plaint à haute voix : « Pauvre de moi ! », ce qui avait fait réagir un homme à la table voisine : « Pourquoi pauvre de vous, Monsieur ? » C'était un Luxembourgeois d'une quarantaine d'années, sympathique, seul à sa table, ayant envie de faire la conversation. Et il était psychiatre ! Connaissait-il ma sœur ? Il sortit d'une mallette en cuir un paquet de Winfield, au taux de goudron élevé – « les cigarettes sont beaucoup moins chères au Grand-Duché qu'en France » – et, tout en laissant errer son regard sur les géraniums qui nous entouraient, il m'apprit l'existence de l'échelle de désespoir de Beck.

Le Dr Aaron Beck, de l'université de Pennsylvanie, avait élaboré une vingtaine de questions auxquelles il fallait répondre par « vrai » ou par « faux » et vous en ressortiez un peu moins ou beaucoup plus désespéré que vous ne l'imaginiez. « Il s'agit de mesurer la tendance au pessimisme du patient, sa détresse psychologique, son mal-être généralisé. C'est un questionnaire très courant, votre amie l'a sûrement passé, il est utile aussi pour détecter les pensées suicidaires », ajouta mon compagnon Alex Holtz, non seulement psychiatre luxembourgeois mais aussi député européen, à qui j'ai parlé davantage de Justine que de moi. Et encore, je ne lui avais rien dit de Florence ! Quand Alex Holtz comprit que j'étais romancier, il commanda un deuxième cappuccino :

— À moins que nous ne passions à l'alcool ? Les écrivains aiment l'alcool, non ?

— Je vais prendre un autre quart Vichy. Pardon d'être un peu perturbé. On le serait à moins quand on apprend qu'une femme qu'on a aimée se fait interner.

— Si vous me permettiez d'entrer dans ce que je nommerais le gâteau mille-feuille de votre vie… Votre amie est un sujet dépressif hospitalisé. Ce n'est pas la fin du monde.

Il avait remis dans leur étui ses fines lunettes, comme si la consultation était finie. Moi, ce que je voulais, c'était le questionnaire de Beck ! Qu'on me fasse passer ce questionnaire et je serais bon à rejoindre Justine dans sa clinique ! « Ce genre d'examen n'est pas loin de ce que vous faites subir, j'imagine, à vos personnages », ajouta Holtz en désignant mon carnet à spirales et mon crayon sur la table : « Dans notre jargon, nous appelons ces questionnaires une évaluation de type papier-crayon, parce qu'on donne un crayon au patient qu'on laisse devant une feuille de papier. Pourquoi un crayon ? C'est moins angoissant qu'un stylo, ça s'efface. » Holtz était lancé. Des noms de psychiatres américains défilaient. Nous avions commandé du vin blanc en carafe. La lumière baissait. Il existait un questionnaire de deux questions, et si on répond oui à une seule des deux questions, c'est qu'on va mal : « 1°) Avez-vous récemment renoncé à accomplir les actes de votre vie quotidienne ? 2°) Vous êtes-vous senti déprimé ou désespéré durant les dernières semaines ? » Je répondais oui aux deux questions. On avait ajouté deux nouvelles questions sur les troubles du sommeil et la modification de l'appétit. Les troubles du sommeil, c'était mon cas. L'appétit me sauvait : « Cher Alex, souffrez que je vous invite à dîner dans ma ville natale. » Je l'ai emmené au *Clou* qu'il ne connaissait pas, le restaurant préféré de ma sœur, en espérant qu'elle y serait. Nous avons commandé une choucroute royale pour deux. Ce qui compte, me dit-il, c'est la capacité à envisager le futur. Il y a de l'espoir dès qu'un patient réussit à prononcer quelque chose comme : « Même quand je suis au fond du trou, c'est réconfortant de savoir que ça ne durera pas. » C'est une phrase que j'aurais pu prononcer.

Je devais avoir l'air très angoissé. Alex Holtz ouvrit la mallette qu'il avait rangée sous sa chaise et en sortit une feuille de papier : « Tenez, voici un test de dépression, copyright Glaxo Welcome. Je vais vous le faire passer, ça vous amusera, si j'ose dire. C'est en anglais, ça ira ? Vous avez quatre réponses possibles : tout le temps, la plupart du temps, parfois, rarement. Votre réponse à *I get tired for no reason ?*

— *Yes*, tout le temps.

— *I feel down-hearted and blues.*

— On dirait un titre des Rolling Stones ! Bien sûr que oui, tout le temps.

— *My mind is as clear as it used to be.*

— Oui et non. Aucune des réponses prévues ne me convient.

— *I still enjoy sex.*

— Je n'*enjoy* pas mais j'en rêve ! »

Il y avait vingt questions notées de 1 à 4. Les dépressifs avaient entre 50 et 69. J'ai eu 50, le pire score. Holtz avait du Lexomil dans sa mallette et me l'a donné.

Je fis un saut à Düsseldorf pour voir l'exposition de Guillermo qu'il avait appelée *Der Phallus*. Nous avons voulu téléphoner à Justine, mais la clinique refusa de passer la communication. Il faut dire qu'il devait être près de minuit. Nous finîmes la nuit dans un bar au bord du Rhin, en compagnie de ses copains latino-américains qui chantaient en vidant des bouteilles de téquila.

Je n'ai plus pris le temps d'appeler Justine. J'avais moins pensé à elle. Elle-même ne m'avait laissé qu'un message vocal : « Les médecins me disent que je vais mieux. Je vais pouvoir sortir bientôt. »

Elle eut la permission de téléphoner plus souvent et se mit à m'appeler à huit heures du matin, en pleine forme, au moment où je m'apprêtais à dormir. Pour vivre comme tout le monde, il faudrait que je me lève à l'heure où je me couche. Justine avait trouvé dans la bibliothèque de la clinique un ouvrage sur la Crète. À sa sortie, elle irait en Crète. Est-ce que j'accepterais d'être son compagnon de voyage ?

— En Crète, il y a des rues vénéto-turques. Rien que pour ce mot, j'irais ! Et des caroubiers, je n'ai jamais vu de caroubiers, et toi ? On part quand pour la Crète ? Je vois une belle fontaine vénitienne. Les photos sont en noir et blanc.

— Il date de quand, ton livre ?

— Je regarde. 1957.

— Depuis, ils ont dû tout abîmer, scier les troncs de tes caroubiers, démolir ta fontaine.

— Tu ne me décourageras pas, je veux aller en Crète.

Une autre fois, elle m'appela pour me demander d'assister à un colloque : « On va rendre un hommage à Strasbourg à Jean Starobinski. Peut-être sera-t-il présent ? Il doit être vieux. C'est un de mes auteurs préférés. Tu sais qu'il a été psychiatre ? *Portrait de l'artiste en saltimbanque*, ça m'a beaucoup marqué. Moi je n'ai pas encore le droit de sortir. Vas-y pour moi. S'il est là, demande-lui de me dédicacer un de ses livres. »

Je n'ai pas trouvé trace d'un colloque organisé à Strasbourg en l'honneur de Jean Starobinski, et Justine ne m'en a plus reparlé, mais elle continuait de vouloir aller en Crète. Un de mes amis avait acheté là-bas une maison cubique à flanc de colline. Il était architecte. Je l'appelai, et il accepta de prêter sa maison. Il préviendrait le gardien. Ce serait pour quand ? Je n'en avais pas la moindre idée, ce qui ne l'étonnait pas de moi. Je ne comptais pas aller en Crète avec Justine. Florence était la seule avec qui j'avais envie de voyager. Justine pourrait y aller avec Christophe. La capacité à imaginer le futur est un signe très positif, avait dit Alex Holtz.

Elle renonça à la Crète, ses médecins l'avaient persuadée de rentrer au Québec :

— Après tout ce que j'ai traversé… M'habiller et me déshabiller, ça me prenait des heures. Ils m'ont déclarée « incurique ». Je n'ai même plus de fantasmes sexuels. Réduction du désir sexuel, mauvais signe ! J'étais devenue anorexique, avec des constipations épouvantables. Tu n'aurais pas aimé mon corps. Maintenant, je recommence à être belle. Je vais partir pour Montréal. J'attends la date exacte de ma sortie. Ils m'ont dit qu'il valait mieux que je rentre dans mon pays, que je retrouve ma famille. Tu crois que j'ai raison d'accepter ? Ma mère viendra me chercher à Paris. Elle restera un jour ou deux, on ira magasiner ensemble. Pourquoi me suis-je laissé convaincre de ne pas aller en

Crète ? C'était ça, mon idée. J'aurais dû sortir il y a quinze jours mais ils ont voulu me garder encore un peu. La prochaine fois que je t'appellerai, ce sera de Paris !

Je lui avais trouvé une très bonne voix, pleine d'allant. J'oubliais que c'était une actrice. Entre-temps, qu'était devenu son cancer ? Prenait-elle des médicaments ? Elle n'en parlait plus et je n'avais qu'à respecter son silence, même si je le trouvais préoccupant.

Huit jours plus tard, je trouvai un message de Justine sur mon répondeur : « Victoire, j'arrive à Paris ce soir ! » C'était un vendredi après-midi.

Puis, plus de nouvelles.

Je suis toujours content de voir le numéro de Guillermo s'afficher sur mon portable. Quand je vais mal, il a l'art de me remettre d'aplomb. Ce fut dans la nuit de vendredi à samedi, à quatre heures du matin. J'étais dans le salon, en train d'écrire une lettre à Florence.

— Daniel, je dois t'annoncer une chose terrible… Justine est morte. Elle s'est jetée sous le métro quelques heures après sa sortie de la clinique. Elle n'est même pas repassée chez elle, on a retrouvé sa valise sur le quai. Tu te rends compte, sa pauvre mère était dans l'avion. Elle devait la ramener à Montréal mais elle a été conduite à la morgue pour identifier les restes du corps. Justine s'est jetée sous le métro.

Il n'a pas dit « morte déchiquetée ». C'est ce que je venais de penser en tremblant, secoué par l'envie de vomir.

J'ai appelé le portable de Justine. Je n'aurais pas dû. Où était ce portable ? Sous les rails du métro ? J'ai entendu sa voix : « Je vous rappelle dès que je pourrai. »

Que devient un corps passé sous le métro ? Le corps de Justine que j'avais serré contre moi. « Serre-moi plus fort, disait-elle, encore plus fort. » Est-ce que la tête aussi aura été… Qu'est-ce qui aura été épargné ?

Elle promettait de rappeler dès que possible. Qu'est-ce que je faisais à l'heure où elle s'est suicidée ? Toute la nuit, j'ai écouté la Marche funèbre de Wagner.

Justine s'est jetée sous le métro à la station Simplon, sur la ligne 4. Elle n'était pas allée bien loin de la gare du Nord où elle avait dû arriver de Senlis. Avait-elle pris un premier métro pour aller jusqu'à Simplon ? Ensuite, elle avait dû descendre sur le quai et attendre l'arrivée du métro suivant. Combien de métros avait-elle laissé passer avant de se jeter sous la voiture de tête ?

Dans sa clinique, on la droguait aux médicaments avant de la faire jouer avec de la pâte à modeler. Les rares moments où se manifestait un peu d'énergie, disait-elle, c'était quand un patient se mettait à hurler. Elle n'a jamais osé hurler. Elle filait doux pour qu'on la laisse sortir, pour qu'elle puisse revenir à Paris et trouver sa station de métro.

Il y a deux suicides par semaine dans le métro parisien et ça traumatise les conducteurs. Je pense à celui qui aura freiné en apercevant la silhouette de Justine : le dernier qui l'a vu vivante. On immobilise le métro, on coupe le courant, on ferme la station, on annonce « un incident voyageur sur la ligne 4 », le trafic est interrompu pour laisser le temps de ramasser tous les morceaux du corps.

Je me forçai à faire une grande marche au hasard le long des quais. J'entrai par curiosité dans une église du quai Saint-Jean où un sacristain me mit d'autorité un cierge dans la main et l'alluma avec un briquet. Du coup, je me sentis obligé de rester. Une douzaine de religieuses vêtues de blanc, avec un capuchon sur la tête, chantaient devant une statue de la Vierge : « Réjouissez-vous ! Réjouissez-vous ! » Ce n'était pas ce que j'avais envie d'entendre. Les voix étaient jeunes, sans doute des jeunes filles prononçant leurs vœux temporaires, entourées de leurs familles. Je les voyais de dos. Je me déplaçai pour tâcher de les voir de profil. Au centre, se tenant plus droite que les autres, je reconnus Justine, les cheveux cachés par son grand capuchon. Les autres étaient aussi des femmes que j'avais connues. Je m'attendis à ce qu'elles se retournent toutes à la fois et s'exclament : « Mais Daniel, qu'est-ce que tu fais là ? » Elles finiraient bien par se retourner. Si elles baissaient leurs capuchons, je reverrais les cheveux de Justine mais elles disparurent par une porte latérale, telles des reproches, des regrets, des désespoirs, des impossibilités.

Quarante-huit heures plus tard, il y eut une cérémonie religieuse organisée en hâte à Montréal. Je ne fus pas invité. Guillermo me l'a décrite la nuit même. Un prêtre avait déclaré : « Seigneur, nous confions à ta large miséricorde notre chère Justine. Elle fut baptisée un jour au nom de la Trinité sainte. Reçois ton enfant bien-aimée. » Guillermo s'indignait : « Le prêtre a parlé de la lumière plus forte que les ténèbres. Justine s'était-elle mise à croire à tout ça, à la fin ? Ce n'est pas impossible. J'ai entendu dire qu'elle était devenue bouddhiste. Ça lui ressemblerait plus. Le prêtre était gêné à cause du suicide. Justine se serait endormie dans l'espérance de la résurrection. Endormie, c'était bien trouvé ! Il a osé dire "endormie". Endormie en se jetant sous le métro ! »

Aurais-je dû écrire une lettre à la mère de Justine, que Guillermo avait vue à l'église, hagarde, absente, sous médicaments ? Lui écrire que je pensais à elle, à sa souffrance ? Elle me fit envoyer plus tard, en souvenir de sa fille, un stylo qui lui avait appartenu. C'était un des stylos que j'avais offert à

Justine, celle qui m'avait dit : « Quand tu es malheureux, pense aux galaxies, plonge-toi dans les trous noirs, dans des choses que tu ne comprends pas. Pense aux cent milliards de galaxies qui ont chacune cent milliards de soleils. Pense à ça et pense à moi. »

C'est ce que j'ai fait.

17

Je quittai Strasbourg le lendemain, le temps de ranger mes papiers et de boucler mes valises. Je ne pus même pas dire au revoir à Myriam qui était à Wissembourg et je laissai les clés dans sa boîte aux lettres avec un mot lui disant de récupérer tout ce qui restait dans la cuisine. Il fallait aussi jeter les journaux entassés dans le salon. L'appartement était en désordre, pourrait-elle envoyer sa femme de ménage ? Tout à coup je détestais le vieux poêle alsacien en faïence, je ne supportais plus le quai des Bateliers où Florence n'était pas venue aussi souvent qu'elle me l'avait fait espérer. Je ne serais pas là pour assister au vernissage de son exposition. Je n'avais plus rien à faire à Strasbourg où du reste je n'avais pas fait grand-chose. Je voulais être à Paris, la ville où Justine avait choisi de mourir. J'irai revoir la façade de son immeuble. Sa mère a dû vider l'appartement. Les robes de

Justine doivent être à Montréal, suspendues à leurs cintres en soie. Je prendrai la ligne 4, descendrai à Simplon et verrai le dernier lieu qu'elle a vu avant de mourir. J'essaierai de parler au personnel de la station.

J'ai pris l'avion pour Orly et deux heures après avoir décollé j'allumais tous les radiateurs dans mon appartement qui n'avait pas été chauffé depuis des semaines. J'avais oublié qu'Astrid avait emporté la plupart des meubles. Florence devait m'aider à en choisir de nouveaux, j'y avais cru mais ça n'avait jamais eu lieu, et en attendant je n'avais rien acheté sans elle. Il me restait un canapé, mon moniteur avec le lecteur de DVD, la chaîne et les enceintes, mon bureau à cylindre et le lit double que j'ai fait faire sur mesure au *Lit National* avec un sommier à moteur qui aurait amusé Justine. J'avais débranché le frigo avant de partir. Il faudra faire des courses. En attendant, j'ai sorti une casserole, rouvert le gaz et fait réchauffer une boîte de ratatouille. J'ai pris dans une valise les quelques lettres que Justine m'a envoyées à Strasbourg : « J'ai l'impression que tu n'es là, dans ma vie, que par hasard. Je me heurte à quoi ? Comme si tu voulais m'effacer… Pourquoi étais-tu si fuyant à Paris ? » Plus loin : « C'est le désir qui compte avant tout. Quand on s'accroche aux souvenirs, c'est qu'on vieillit. Tu m'as parlé l'autre soir de nos premiers baisers à Montréal, c'est maintenant, c'est demain, que je désire t'embrasser. »

Je voulus revoir sa photo, la photo du magazine de mode de Toronto où elle est si souriante, si sexy dans une robe moulante. Je l'avais fait encadrer. J'avais enveloppé le cadre dans du papier journal et je viens de le retrouver au fond du carton avec les cassettes. J'ai sorti les cassettes une à une et j'ai accroché la photo au-dessus de ma table de travail. La mort de Justine vient de lui donner une place primordiale dans ma vie. Je regarde les cassettes éparpillées sur ma table. Je les écouterai toutes, celles que je n'ai pas écoutées jusqu'au bout et celles que je n'ai pas écoutées du tout. Au lieu de les écouter la nuit en secret et au casque, je les écouterai en plein jour sur mes haut-parleurs, je monterai le son, la voix de Justine résonnera dans tout l'appartement. Je suis en forme, très excité, euphorique. Je prends une cassette, je règle le niveau du son : « Est-ce que tu m'entends ? Mais tu ne peux évidemment pas répondre pendant que j'enregistre. Je suis malheureuse quand tu ne m'appelles pas autant que je voudrais, comme par exemple aujourd'hui. Je suis seule, je voudrais que tu sois là. Tu fais quoi, maintenant, très précisément maintenant ? Où es-tu ? Avec qui ? Je veux marcher dans le froid de Montréal en me serrant contre toi, en prenant ta main, même si nos gants empêchent les caresses. Tu ne racontes plus grand-chose de ta vie. Ma vie à moi, je voudrais qu'elle t'appartienne. C'est une erreur de ne pas être ensemble, de ne plus rire ensemble, comment peux-tu te priver de mes rires, toi qui m'as dit que mes rires te rendent heureux ? Je t'aime quand je te fais rire. Comme la fois où on était dans ce restaurant italien où les serveuses étaient déguisées, tu te souviens ? »

À peine étions-nous entrés, que le patron – smoking mauve à paillettes – avait appuyé sur la touche *Play* d'un lecteur de CD : « *Buona sera Signorina ! Buona sera, c'est ainsi qu'on dit bonsoir à Napoli.* » Justine m'avait dit : « Tu crois qu'ils mettent ce disque chaque fois qu'une cliente arrive ? Ou bien c'est juste pour moi ? » Elle but beaucoup, elle voulut danser entre les tables, ce ne fut pas facile avec ses talons aiguilles. Elle bougeait surtout les bras, elle avait des bras magnifiques. Elle fit mine de descendre son bustier comme si elle allait montrer ses seins. Elle renversa une chaise, s'excusa, voulut que je me lève à mon tour. Elle était saoule et voulait faire l'amour dans les toilettes : « Allez, ne sois pas timoré. »

Je ne me contente pas d'écouter les cassettes, je les recopie toutes, et ça prendra le temps que ça prendra. J'ai sorti d'un placard ma collection de beaux cahiers qui s'empilent depuis des années, rapportés de tous mes voyages, trop beaux pour oser y écrire quoi que ce soit. J'ai débranché le téléphone fixe et je viens de fermer mon portable.

Retranscrire une cassette prend un temps fou. J'écris sous la dictée fantomatique d'une voix qui m'envahit le cerveau. Justine devient présente pour moi comme j'ai dû l'être pour elle quand elle enregistrait, une présence folle, oui, de la folie rôde non pas dans ses propos simples et anodins mais dans cette activité même, l'écoute attentive et le recopiage des phrases sans s'occuper de leur sens – le sens apparaîtra plus tard, à la lecture –, une activité hallucinante ou hallucinatoire.

Dès que je m'endors, je rêve de Justine. J'arrive sur le quai au métro Simplon. Je la vois prête à se jeter sous la rame. Je cours vers elle, trop tard ! Ses cris sont couverts par le bruit des freins et je me fracasse le visage contre une porte de la voiture de tête. Sa mère se rue sur moi, hurlant : « Je vous tuerai. » Je me réveille en nage et je bois un verre de whisky à jeun, puis je charge une nouvelle cassette et je retrouve la voix douce et apaisée de Justine : « Je me souviens que nous aimons nous embrasser en général et aussi de chacun de nos baisers en particulier. »

Je suis passé à une demi-bouteille de whisky par jour, parfois deux tiers. Je n'en aurai bientôt plus et j'ai fini ma provision de conserves. Je ne veux pas m'éloigner des cassettes, je ne veux pas sortir, j'ai fermé les rideaux et les volets. Je vis à la lumière électrique. Je fais des courses sur Internet. Je découvre les cybermarchés, les « paniers » à remplir en cliquant, mon numéro de carte de crédit à confier à l'ordinateur. Je reçois des cartons de nourriture à domicile. Les livreurs ont le code de l'immeuble, montent au troisième et déposent les cartons dans l'entrée contre une signature. Ce sont les seuls gens que je vois.

Au rythme où j'avance, je suis loin d'avoir fini. Il faut sans cesse appuyer sur Pause, revenir en arrière, écrire, réécouter pour vérifier la phrase. Avait-elle dit « ta fidèle et toujours aimable Justine » ou « ta fidèle et toujours aimante » ? Un jour à quatre heures de l'après-midi, j'ai été réveillé par la sonnette et je reconnus la voix de Florence : « Daniel, tu es là ? Ouvre-moi ! Ouvre-moi ! » Je n'ai pas bronché. J'entendis la porte de l'ascenseur qui se refermait. Caché derrière les persiennes, je la vis traverser la rue. Elle était en jupe et avait de très belles jambes. Je ne parvenais plus à dormir, par peur de rêver encore et encore que je courais vers Justine sur le quai, qu'elle sautait avant que je la rattrape et que je m'éclatais le front contre la porte d'une voiture. Je chargeai une nouvelle cassette en remplissant de whisky le gobelet en argent que ma mère avait offert à la naissance d'Iris. Combien de temps met-on à ne plus être pétrifié – ou un autre verbe – par la mort de quelqu'un qu'on a aimé, par une mort comme celle-là, qui m'a plongé dans l'épouvante ? Pourquoi cesserais-je un jour d'être épouvanté par la mort de Justine ? Les impressions intenses ne disparaissent jamais, on les met de côté pour avoir la paix, on croit qu'elles s'atténuent et que le temps guérit tout, mais le passé peut revenir nous tourmenter à tout moment, il ne prévient pas.

Un de mes amis, que sa femme venait de quitter, m'a dit : « Souhaite-moi de vivre assez longtemps pour réussir à l'oublier. » Et elle n'était pas morte, elle n'avait fait que le quitter. Sur la cassette, Justine me dit de ne jamais oublier qu'elle est *so sweet a bed fellow*, une si douce compagne de lit, elle cite Shakespeare et je souhaite ne rien oublier d'elle, à moins que le mécanisme de l'oubli ne soit déjà en marche ? Je continue. Elle me dit : « Je suis très heureuse aujourd'hui. Il fait beau, c'est tellement bien. J'ai même chanté dans la rue ! Mais que de nuits gâchées en n'étant pas ensemble. » Sur l'autre face de la cassette, elle m'apprend que son père vient d'être victime d'une attaque cérébrale, hospitalisé trop tard pour qu'on puisse lui injecter les médicaments qui auraient permis de dissoudre le caillot. Il faut être hospitalisé dans les trois heures : « Je te conseille d'habiter à moins de trois heures d'un hôpital. » Je n'ai jamais écouté cette cassette. A-t-elle pensé que son père ne m'intéressait pas, ou que j'avais peur des attaques cérébrales et préférais le silence ?

Elle me lit des nouvelles de Maupassant, *Les Caresses, La Chevelure, Une Folle, Sur l'eau* : « J'avais loué l'été dernier une petite maison de campagne au bord de la Seine, à plusieurs lieues de Paris, et j'allais y coucher tous les soirs. Je fis au bout de quelques jours la connaissance d'un de mes voisins… » Les textes de ces nouvelles sont tous dans ma bibliothèque mais je les recopie pour écouter la voix de Justine, cette voix qui la ressuscite et me calme. Chaque nuit, je suis aussi satisfait d'avoir fini de recopier une cassette que d'avoir terminé un chapitre quand j'écris mes romans. Je ne me rase plus, ne m'habille plus, je mange à peine. Je porte le même kimono depuis des semaines. Je fais couler des bains que je laisse refroidir et je n'ai plus qu'à vider la baignoire. Je me remets au travail : « Montréal, le premier jour de l'été. Tu n'as pas encore fini ton livre ? Il y a de quoi me faire détester la littérature qui t'occupe trop exclusivement, mais le goût que j'ai pour elle est parfois égal à celui que j'ai pour toi. »

J'ai ouvert une brochure de la Fondation suisse de cardiologie : « Vos activités vous exposent-elles au stress et à la précipitation ? » Oui. « Vous devez apporter des changements fondamentaux à votre mode de vie. » À force de rester assis, anéanti devant ma table de travail sous laquelle s'accumulent les bouteilles de whisky vides, n'ayant comme seuls exercices physiques qu'à appuyer du pouce sur *Pause, Play, Rewind* et à tenir un stylo, mes pieds sont gonflés comme des pieds de clochard.

Affalé sur le canapé, en train d'essayer de me concentrer pour relire le texte d'une cassette que j'avais fini de recopier, j'eus l'impression qu'on ouvrait la porte de l'appartement. J'entendis la voix d'Olga. Qu'est-ce qu'elle venait faire là ? Nous ne nous étions ni vus ni parlé depuis des mois.

— Il y a quelqu'un ? Papa, c'est toi ? C'est moi, c'est Olga. Je croyais que tu étais à Strasbourg. Je viens voir si mes rollers sont ici.

Elle débouche du couloir et s'arrête sidérée sur le pas de la porte, me voyant avachi sur le canapé, à moitié habillé, les rideaux fermés en plein après-midi, des bouteilles vides partout, l'air d'avoir pris une dizaine d'années en quelques semaines :

— Papa…

Elle est venue s'asseoir près de moi, elle m'a pris dans ses bras et, serré contre cette merveilleuse jeune fille, ma fille, je me suis mis à pleurer.

Du même auteur :

LE PITRE, 1973, Gallimard
BERLIN MERCREDI, 1979, Balland, Points Seuil
MACAIRE LE COPTE, 1981, Gallimard
LE RADEAU DE LA MÉDUSE, 1983, Gallimard
LA VIE D'UN BÉBÉ, 1986, Gallimard
FRANÇAISES, FRANÇAIS, 1988, Folio
JE SUIS ÉCRIVAIN, 1989, Gallimard
RIRE ET PLEURER, 1990, Grasset & Fasquelle
LA DÉMENCE DU BOXEUR, 1992, Grasset & Fasquelle
FRANZ ET FRANÇOIS, 1997, Grasset & Fasquelle
SALOMÉ, 2005, Léo Scheer
TROIS JOURS CHEZ MA MÈRE, 2005, Grasset & Fasquelle

Le Livre de Poche s'engage pour
l'environnement en réduisant
l'empreinte carbone de ses livres.
Celle de cet exemplaire est de :
400 g éq. CO_2
Rendez-vous sur
www.livredepoche-durable.fr

PAPIER À BASE DE
FIBRES CERTIFIÉES

Composition réalisée par Datagrafix

Achevé d'imprimer en juin 2013, en France sur Presse Offset par
Maury-Imprimeur – 45330 Malesherbes
N° d'imprimeur : 182771
Dépôt légal 1re publication : juillet 2013
Librairie Générale Française – 31, rue de Fleurus – 75278 Paris Cedex 06

31/7553/6